婉約詞

編者序

婉約，是婉轉含蓄的意思，「婉約」一詞已見於魏晉六朝，用以形容文學辭章，婉約詞則是宋詞風格流派之一。詞本來是為合樂演唱而作的，起初演唱的目的多為娛賓遣興，演唱的場合無非宮廷貴家、秦樓楚館，因此歌詞的內容不外離思別愁、閨情綺怨，這就形成了以《花間集》為代表的「香軟」的詞風。

婉約詞派具有「可歌性」，詞家們既有文學素養，又都洞曉音律；把如畫的意境、精鍊的語言和美妙的音樂緊密結合起來，便具有感人的藝術魅力。婉約詞音節諧婉，「語工而入律」，唐五代詞早就具有這一特點，兩宋時期，婉約詞空前繁榮。柳永的詞，「凡有井水飲處」，即能歌之。可見當時傳播之廣。

婉約詞以情動人，道盡人間的悲歡離合。五代詞人韋莊，善於運用各種抒情手法，成功地抒寫自己對生活的感受。秦觀〈江城子〉、柳永〈雨霖鈴〉、蘇軾〈江城子〉、晏幾道〈鷓鴣天〉、李清照的名作〈醉花陰〉雖是兒女私情、離愁別緒，卻寫得清麗婉媚，情深意長。晏殊的《珠玉詞》，抒情委婉，如明珠美玉。歐陽修是一位領袖儒林、肩負文統道統的中心人物，他的抒情小詞，卻寫得婉媚輕柔，情致纏綿。清代著名詞人納蘭性德，工文章，精騎射，而小詞卻委婉傳情，悽惻動人。

婉約詞也往往抒寫感時傷世之情。把家國之恨、身世之感，或打入豔情，或寓於詠物，表面看似抒寫愛情，描摹物象，實際上卻別有寄托。戰爭破壞了和平安定的生活，給人民帶來巨大的災難。國破家亡之恨，生離死別之情，不斷在婉約詞中反映出來。

婉約詞的又一特點是「以美取勝」，它以美的語言、美的形象、美的意境，展觀自然美與生活美，歌頌人物的心靈美。一首詞，可因一妙句而千古流芳。〈玉樓春〉作者宋祁因而得到「紅杏尚書」的美稱；「雲破月來花弄影」（〈天仙子〉），作者張先遂有「張三影」之稱；「一川煙草，滿城飛絮，梅子黃時雨」（〈青玉案〉），賀鑄因而被稱為「賀梅子」。創造美的意境，是婉約詞的基本特徵。

人人出版社《人人讀經典》系列，選取三百首左右婉約詞經典作品，編輯出版《婉約詞》手帳本，只盼在讀者心中留下一縷花魂，半晌清歡。

【目錄】

婉約詞

卷三◉北宋南宋詞

卷五◉詞人略傳

【卷二】

敦煌曲子詞

虞美人

東風吹綻海棠開，香榭滿樓臺，
香和紅豔一堆堆。
又被美人和枝折，墜金釵。
金釵釵上綴芳菲，海棠花一枝。
剛被蝴蝶繞人飛，拂下深深紅蕊落，
汙奴衣。

香榭—形容海棠花的香氣充滿臺榭。
紅豔—此指海棠花。
一堆堆—即一簇簇，形容海棠花繁盛茂密。
綴—點綴。
芳菲—指海棠花。
深深—意思是「紛紛」。
紅蕊—指淡黃色的花蕊。
奴—古代女子的自稱。

菩薩蠻

枕前發盡千般願，要休且待青山爛。
水面上秤錘浮，直待黃河徹底枯。
白日參辰現，北斗回南面。
休即未能休，且待三更見日頭。

發願－即發誓。
休－休棄，斷絕。
參辰－同「參商」，參星與商星此出彼沒，互不相見。
北斗－也叫北斗七星。此處意指斗柄。

望江南

莫攀我，攀我太心偏。
我是曲江臨池柳，這人折了那人攀，
恩愛一時間。

攀—通「扳」，牽挽。

心偏—此指居心不良，硬要攀花的公子哥兒。

曲江—即曲江池，唐代都城長安郊外著名的風景勝地。

【卷二】

唐五代詞

好時光

李隆基

寶髻偏宜宮樣，蓮臉嫩，體紅香。
眉黛不須張敞畫，天教入鬢長。
莫倚傾國貌，嫁取個，有情郎。
彼此當年少，莫負好時光。

宮樣—皇宮裡盛行的服飾和裝束。

張敞—漢宣帝時為京兆尹，曾為妻子畫眉，後來成為夫妻恩愛的典故，傳為佳話。

天教—天生就讓我這樣。

傾國—極言女子之美貌。

調笑令

王建

團扇，團扇，美人並來遮面。
玉顏憔悴三年，誰復商量管弦？
弦管，弦管，春草昭陽路斷。

團扇—形如圓月的扇子，古代皇宮中常用此扇，又名宮扇。

並—作「伴」字解。

管弦—用絲竹做的樂器，如琴、簫、笛。

昭陽—漢代宮殿名。

憶江南

劉禹錫

春去也，多謝洛城人。
弱柳從風疑舉袂，叢蘭浥露似沾巾，
獨坐亦含顰。

多謝—頻頻表示感謝。
疑—好像。
袂—衣袖。
「叢蘭」句—指蘭花上有晶瑩的露水閃動，好像美人掉下的眼淚。
浥—沾溼。
顰—皺眉。

瀟湘曲

劉禹錫

斑竹枝，斑竹枝，淚痕點點寄相思。
楚客欲聽瑤瑟怨，滿江深夜月明時。

斑竹—即湘妃竹。相傳舜崩蒼梧，娥皇、女英二妃追至，哭啼極哀，淚染於竹，斑斑如淚痕，故謂斑竹。

瑤瑟—以美玉裝飾的瑟。

憶江南

白居易

江南好，風景舊曾諳。
日出江花紅勝火，春來江水綠如藍。
能不憶江南。

諳—熟悉。
藍—蓼科植物。其葉可製青綠色顏料。

長相思

白居易

汴水流，泗水流，
流到瓜州古渡頭。吳山點點愁。
思悠悠，恨悠悠，
恨到歸時方始休。月明人倚樓。

汴水—源於河南，東南流入安徽宿縣、泗縣，與泗水合流，入淮河。
泗水—源於山東曲阜，經徐州後，與汴水合流入淮河。
瓜州—在今江蘇省揚州市南面。
吳山—泛指江南群山。
悠悠—深長的意思。

更漏子

溫庭筠

柳絲長，春雨細，花外漏聲迢遞。
驚塞雁，起城烏，畫屏金鷓鴣。
香霧薄，透重幕，惆悵謝家池閣。
紅燭背，繡簾垂，夢君君不知。

迢遞—遠遠傳來。
香霧—香爐裡噴出來的煙霧。
謝家—西晉謝安的家族。這裡泛指仕宦人家。
紅燭背—指燭光熄滅。
夢君君不知—又作「夢長君不知」。

更漏子

溫庭筠

玉爐香，紅蠟淚，偏照畫堂秋思。
眉翠薄，鬢雲殘，夜長衾枕寒。
梧桐樹，三更雨，不道離情正苦。
一葉葉，一聲聲，空階滴到明。

玉爐—精美的香爐。
畫堂—泛指華麗的堂舍。
眉翠薄—眉黛褪色，髮鬢不整。形容輾轉反側的情態。

不道—不管。

望江南

溫庭筠

梳洗罷，獨倚望江樓。
過盡千帆皆不是，斜暉脈脈水悠悠，
腸斷白蘋洲。

斜暉—偏西的陽光。

脈脈—出自東漢末年《古詩十九首》中的「盈盈一水間，脈脈不得語」詩句，形容相視含情的樣子。

白蘋洲—長滿了白色蘋花的沙洲。

菩薩蠻

溫庭筠

夜來皓月才當午，重簾悄悄無人語。
深處麝煙長，臥時留薄妝。
當年還自惜，往事那堪憶。
花落月明殘，錦衾知曉寒。

當午—指月亮懸於正中天。

麝煙—焚麝香所散發的煙。

薄妝—淡妝。薄妝者與濃妝相對，謂濃妝既卸，猶稍留梳裹，脂粉勻面。古代婦女濃妝高髻，梳裹不易，睡時稍留薄妝，支枕以睡，使髻髮不致散亂。

「花落」句—謂拂曉前殘月尚明，花露正濃。

錦衾—錦製的被子。

菩薩蠻

溫庭筠

小山重疊金明滅，鬢雲欲度香腮雪。

懶起畫蛾眉，弄妝梳洗遲。

照花前後鏡，花面交相映。

新貼繡羅襦，雙雙金鷓鴣。

小山－即小山眉。

金明滅－額頭上的黃色頭飾忽隱忽現的樣子。

鬢雲－指秀髮飄散如雲朵。

新貼－將新做的樣式和圖案貼在衣服上。

楊柳枝

溫庭筠

館娃宮外鄴城西，遠映征帆近拂堤。
繫得王孫歸意切，不同芳草綠萋萋。

館娃宮—相傳是吳王夫差為西施建築的宮殿。

鄴城—曹操作魏王時的都城，城西北有著名的銅雀臺。

「繫得」句—柳枝緊緊繫住遊子，使他思歸心切。

夢江南

溫庭筠

千萬恨，恨極在天涯。
山月不知心裡事，水風空落眼前花，
搖曳碧雲斜。

恨—離恨。

天涯—天邊。指思念的人在遙遠的地方。

搖曳—猶言搖盪、動盪。

碧雲—青雲。

浣溪沙

韋莊

惆悵夢餘山月斜，孤燈照壁背窗紗。
小樓高閣謝娘家。
暗想玉容何所似？一枝春雪凍梅花，
滿身香霧簇朝霞。

惆悵—失意感傷。

謝娘—唐代有名的妓女，本名謝秋娘。

簇朝霞—被燦爛的朝霞籠罩著。

浣溪沙

韋莊

清曉妝成寒食天，柳球斜裊間花鈿，捲簾直出畫堂前。

指點牡丹初綻朵，日高猶自憑朱欄，含嚬不語恨春殘。

清曉—清晨破曉時分。

寒食—節令名，清明節前一天（或說清明前兩天）。相傳起於晉文公悼介之推事，以介之推抱木焚死，定是日禁火寒食。節後另取榆柳之火，以為飲食，謂「新火」。

柳球—以柳枝彎曲而成的小球，是寒食節時婦女們的必備妝飾。

裊—斜插。形容柳球隨著主人的身形擺動而搖曳的樣子。

間—相隔、相間，動詞。

花鈿—婦人髮釵。鈿，嵌金之花狀頭飾。

初綻—剛剛開放。綻，裂開。

嚬—皺眉。含嚬，含著愁意，皺眉憂愁的樣子。

菩薩蠻

韋莊

人人盡說江南好，遊人只合江南老。
春水碧於天，畫船聽雨眠。
壚邊人似月，皓腕凝霜雪。
未老莫還鄉，還鄉須斷腸。

合—只應。

碧於天—一片碧綠，勝過天色。

壚邊—指酒家。壚，舊時酒店用土砌成酒甕賣酒的地方。

皓腕凝霜雪—形容雙臂潔白如雪。

須—必定。

菩薩蠻

韋莊

勸君今夜須沉醉，尊前莫話明朝事。
珍重主人心，酒深情亦深。
須愁春漏短，莫訴金杯滿。
遇酒且呵呵，人生能幾何。

尊前—酒席前。尊，同「樽」，古代盛酒器具。

「須愁」句—應愁時光短促。漏，刻漏，指代時間。

莫訴—不要推辭。

呵呵—笑聲。這裡是指得過且過，勉強作樂。

菩薩蠻

韋莊

洛陽城裡春光好，洛陽才子他鄉老。
柳暗魏王堤，此時心轉迷。
桃花春水淥，水上鴛鴦浴。
凝恨對殘暉，憶君君不知。

洛陽才子—西漢時洛陽人賈誼，年十八能誦詩書，長於寫作，人稱洛陽才子。這裡指作者本人，作者早年寓居洛陽。

魏王堤—即魏王池。唐代洛水在洛陽溢成一個池，成為洛陽的名勝。唐太宗貞觀中賜給魏王李泰，故名魏王池。有堤與洛水相隔，因稱魏王堤。

淥—一本作「綠」，水清的樣子。

凝恨—愁恨聚結在一起。

荷葉杯

韋莊

記得那年花下，深夜，初識謝娘時；
水堂西面畫簾垂，攜手暗相期。
惆悵曉鶯殘月，相別，從此隔音塵。
如今俱是異鄉人，相見更無因。

荷葉杯—唐酒器名。本是教坊曲名，後用為詞牌。所謂的「碧筒飲」即將剛露出水面、捲在一起尚未打開的荷葉，把酒倒入其中，然後將葉心捅出一個小孔，使其與莖相通，然後把莖管當做吸管來飲酒。

謝娘—代指詞人的心上人。

相期—互訴愛慕之意。

無因—無緣。

思帝鄉

韋莊

春日遊，杏花吹滿頭。
陌上誰家年少，足風流。
妾擬將身嫁與，一生休。
縱被無情棄，不能羞。

陌上—田間小路。
足—十分。
妾—古代女子自稱。
擬—定、準、必的意思。
休—算了，罷了。
縱—縱然，即便。
不能羞—意謂不後悔。

女冠子

韋莊

昨夜夜半，枕上分明夢見。
語多時。依舊桃花面，頻低柳葉眉。
半羞還半喜，欲去又依依。
覺來知是夢，不勝悲。

桃花面—唐詩人崔護曾於清明獨遊長安城南，見一莊居有女子獨倚小桃柯佇立，而意殊厚。來歲清明，崔又往尋之，門扃無人，因題詩於左扉曰：「去年今日此門中，人面桃花相映紅。人面不知何處去，桃花依舊笑春風。」後遂以「桃花面」來表示所思念的美女。

頻—屢次。

柳葉眉—如柳葉之細眉，這裡以「眉」借代為「面」，亦是「低面」的意思。

依依—戀戀不捨的樣子。

覺—醒來。

勝—盡。

應天長

韋莊

別來半歲音書絕，一寸離腸千萬結。
難相見，易相別，又是玉樓花似雪。
暗相思，無處說，惆悵夜來煙月。
想得此時情切，淚沾紅袖黦。

「一寸」句—意謂短短的一寸離腸也鬱結著萬千愁情。離腸，猶離情。結，謂離愁鬱結。

玉樓—即閨樓。

花似雪—梨花如雪一樣白。指暮春時節。

煙月—指月色朦朧。

紅袖—婦女紅色的衣袖。

黦—黑黃色。此指紅袖上斑斑點點的淚痕。

清平樂

野花芳草，寂寞關山道。
柳吐金絲鶯語早，惆悵香閨暗老。
羅帶悔結同心，獨憑朱欄思深。
夢覺半床斜月，小窗風觸鳴琴。

韋莊

寂寞—清寂，寂靜。
關山道—形容艱難坎坷的山路。
惆悵—失意，懊惱。
香閨—青年女子的內室。
暗老—時光流逝，不知不覺人已衰老。
結同心—用錦帶打成連環回文樣式的結子，用作男女相愛的象徵，稱「同心結」。
朱欄—朱紅色的欄杆。
風觸鳴琴—風吹弦鳴，聲極低微。此處寫空閨長夜的孤寂無聊。

謁金門

韋莊

春雨足，染就一溪新綠。
柳外飛來雙羽玉，弄晴相對浴。
樓外翠簾高軸，倚遍闌干幾曲。
雲淡水平煙樹簇，寸心千里目。

雙羽玉—一雙白色鷗鳥。

翠簾高軸—翠綠的簾幕已高高捲起。軸，捲的意思。

「雲淡」二句—指女子的望眼不僅穿透雲淡水平煙樹等景物，還與她的心一起飛馳到千里之外。

天仙子

韋莊

夢覺雲屏依舊空，杜鵑聲咽隔簾櫳，
玉郎薄倖去無蹤。
一日日，恨重重，淚界蓮腮兩線紅。

雲屏—用雲母鑲飾的畫屏。

玉郎—形容男子美貌的愛稱。

薄倖—負心、薄情。杜牧〈遣懷〉：「十年一覺揚州夢，贏得青樓薄倖名。」

淚界—淚水雙流所印下的兩條紅線。界，有「印」的意思，此處作動詞用。

蓮腮—猶蓮花腮。清孔尚任《桃花扇．寄扇》：「櫻唇上調朱，蓮腮上臨稿。」

木蘭花

韋莊

獨上小樓春欲暮，愁望玉關芳草路。
消息斷，不逢人，卻斂細眉歸繡戶。
坐看落花空嘆息，羅袂濕斑紅淚滴。
千山萬水不曾行，魂夢欲教何處覓。

玉關—玉門關，這裡泛指征人所在的遠方。

袂—衣袖。

紅淚—淚從塗有胭脂的面上流下，故為「紅淚」。據王嘉《拾遺記》載：薛靈芸是魏文帝所愛的美人，原為良家女子，被文帝選入六宮。靈芸升車就路之時，以玉唾壺承淚。壺則紅色，及至京師，淚凝為血。後常把女子悲哭的淚水稱為「紅淚」。

江城子

韋莊

髻鬟狼藉黛眉長，出蘭房，別檀郎。
角聲嗚咽，星斗漸微茫。
露冷月殘人未起，留不住，淚千行。

狼藉—散亂不整的樣子。《史記·滑稽列傳》：「履舃交錯，杯盤狼藉。」《通俗編》引《蘇氏演義》云：「狼藉草而臥，去則滅亂，故凡物之縱橫散亂者謂之狼藉。」

黛眉長—暗示女子面容愁苦的樣子。

蘭房—香閨繡閣。

檀郎—潘岳小名為檀奴，所以婦女稱自己所歡者為檀郎。

微茫—稀疏而模糊

南鄉子

李珣

相見處，晚晴天，刺桐花下越臺前。

暗裡回眸深屬意，遺雙翠，

騎象背人先過水。

刺桐—落葉喬木，枝上有黑色荊刺。花有橙紅、紫紅等色。

越臺—即越王臺，西漢南越國王趙倫修建，遺址位於今廣州北部越秀山上。

屬意—留情。

「遺雙翠」二句—雙翠，一雙翠羽，指頭飾。此二句指少女與情人相會，裝作無心落下用翠羽裝飾的釵子，悠悠然騎象涉水而過。

憶仙姿

李存勖

曾宴桃源深洞，一曲舞鸞歌鳳。
長記欲別時，和淚出門相送。
如夢，如夢，殘月落花煙重。

桃源—指世外桃源。

舞鸞歌鳳—鸞鳳在歌舞。比喻男女間情深意切。鸞鳳，鸞鳥和鳳凰，傳說中吉祥美麗的鳥。

江城子

和凝

竹里風生月上門，理秦箏，對雲屏。輕撥朱弦，恐亂馬嘶聲。含恨含嬌獨自語，今夜約，太遲生。

竹里風生—風吹竹叢，竹葉瑟瑟有聲。

月上門—月亮初升，照上門楣。

理—溫習，重複地彈奏。

秦箏—即箏，原出於秦地。

朱弦—用熟絲製的琴弦。

恐—擔心。

馬嘶聲—情郎來到時的馬叫聲。

含恨含嬌—帶著怨恨和嬌嗔。

太遲生—即太遲，意謂時間過得太慢。生，語助詞。

南鄉子

路入南中，桄榔葉暗蓼花紅。
兩岸人家微雨後，
收紅豆，樹底纖纖抬素手。

歐陽炯

南中—泛指中國南方。
桄榔—南方常綠喬木，樹幹高大。
紅豆—紅豆樹產於嶺南，秋日開花，其實成豆莢狀，內有如豌豆大的種子，色鮮紅，古代以此象徵相思之物。

南鄉子

歐陽炯

畫舸停橈，槿花籬外竹橫橋。
水上遊人沙上女，
回顧，笑指芭蕉林裡住。

舸—裝飾華麗的小船。

橈—船槳。

槿花—開紅、白、紫花，南方民間多用來當做籬笆。

清平樂

歐陽炯

春來街砌，春雨如絲細。
春地滿飄紅杏蒂，春燕舞隨風勢。
春幡細縷春繒，春閨一點春燈。
自是春心繚亂，非干春夢無憑。

街砌—屋基階沿，多用青磚或青石砌成，下為陰溝以承接雨水。

春幡—即春旗。古代風俗於立春日掛幡以表示春天來了。

春繒—做春旗的絲織品。

繚亂—形容心緒不寧。

風流子

孫光憲

茅舍槿籬溪曲，雞犬自南自北。菰葉長，水葓開，門外春波漲綠。聽織，聲促，軋軋鳴梭穿屋。

槿籬—密植槿樹作為籬笆。

溪曲—小溪彎曲處。

菰葉—多年生草本植物，多生於我國南方淺水中。春天生新芽，嫩莖名茭白，可作蔬菜。

水葓—即葒草。生於路旁和水邊濕地，喜陽、溫暖和濕潤，耐瘠薄。

鵲踏枝

馮延巳

誰道閒情拋擲久？
每到春來，惆悵還依舊。
日日花前長病酒，不辭鏡裡朱顏瘦。
河畔青蕪堤上柳，
為問新愁，何事年年有？
獨立小橋風滿袖，平林新月人歸後。

閒情—閒適的心情。

病酒—因飲酒過量而有得病的感覺。

青蕪—叢生的青草。

為—為何。

鵲踏枝

馮延巳

幾日行雲何處去？忘卻歸來，不道春將暮。
百草千花寒食路，香車繫在誰家樹？
淚眼倚樓頻獨語，雙燕來時，陌上相逢否？
撩亂春愁如柳絮，悠悠夢裡無尋處。

行雲－指冶遊不歸的男子。
不道－不顧，不管。
陌上－路上。

鵲踏枝

馮延巳

煩惱韶光能幾許？
腸斷魂銷，看卻春還去。
只喜牆頭靈鵲語，不知青鳥全相誤。
心若垂楊千萬縷，
水闊花飛，夢斷巫山路。
開眼新愁無問處，珠簾錦帳相似否？

韶光—春光，此指美好的時光。

幾許—多少。

靈鵲—即喜鵲。俗稱鵲能報喜，故稱。

青鳥—神話傳說中為西王母取食傳信的神鳥。

夢斷—夢醒。

巫山路—暗用宋玉〈高唐賦〉楚懷王夢中與巫山神女相會的故事，指男女幽會。

清平樂

馮延巳

雨晴煙晚，綠水新池滿。
雙燕飛來垂柳院，小閣畫簾高捲。
黃昏獨倚朱闌，西南新月眉彎。
砌下落花風起，羅衣特地春寒。

砌—台階。

落花風—指暮春時節的風。

特地—特別。

長命女

春日宴，綠酒一杯歌一遍。
再拜陳三願：
一願郎君千歲，二願妾身常健，
三願如同梁上燕，歲歲長相見。

馮延巳

綠酒—古時米酒釀成未濾時，面浮米渣，呈淡綠色，故名。
陳—表述。

采桑子

馮延巳

小堂深靜無人到，滿院春風。
惆悵牆東，一樹櫻桃帶雨紅。
愁心似醉兼如病，欲語還慵，
日暮疏鐘，雙燕歸栖畫閣中。

小—窄小、逼仄。
深—幽深、沉重。
靜—安靜、靜謐。
「惆悵」二句—牆東的一樹櫻桃，雨後越發紅得鮮豔。
「愁心」句—主人的心情卻是惆悵難言，這時的心思像是醉酒又像是生病。
慵—懶。
栖—通「棲」。指停留、休息。

臨江仙

馮延巳

秣陵江上多離別，雨晴芳草煙深。
路遙人去馬嘶沉。
青簾斜掛，新柳萬枝金。
隔江何處吹橫笛，沙頭驚起雙禽。
徘徊一晌幾般心。
天長煙遠，凝恨獨沾襟。

秣陵—今南京，舊稱金陵，後更名為秣陵。

雨晴—點明離別時的天氣。

芳草煙深—為春天景象，點明離別的季節。

「青簾斜掛」二句—指出別離之地是在江邊柳樹之下的客舍，可見古人以酒餞別和折柳送行的禮俗。

一晌—很短的時間。

幾般心—指感情變化之劇烈。

謁金門

馮延巳

風乍起，吹皺一池春水。
閒引鴛鴦香徑裡，手挼紅杏蕊。
鬥鴨闌干獨倚，碧玉搔頭斜墜。
終日望君君不至，舉頭聞鵲喜。

乍—忽然。

閒引—無聊地逗引著玩。

挼—揉搓。

鬥鴨—以鴨相鬥為歡樂。鬥鴨闌和鬥雞臺，都是官僚顯貴取樂的場所。

碧玉—搔頭即碧玉簪。

聞鵲喜—古人以為喜鵲噪鳴是喜事臨門的徵兆。

歸自謠

春豔豔，江上晚山三四點，
柳絲如剪花如染。
香閨寂寂門半掩，愁眉斂，
淚珠滴破燕脂臉。

馮延巳

豔豔—此指濃豔的春景。豔通「灩」。

三四—此處表示為數不多。

「香閨」句—寫女子因春色觸動愁腸而回到閨中。寂寂，襯托出女子難耐的孤寂和淒涼。

愁眉斂—蛾眉緊蹙。

燕脂—同「胭脂」。

南鄉子

馮延巳

細雨濕流光，芳草年年與恨長。
煙鎖鳳樓無限事，
茫茫，鸞鏡鴛衾兩斷腸。
魂夢任悠揚，睡起楊花滿繡床。
薄倖不來門半掩，
斜陽。負你殘春淚幾行。

流光—光陰，或認為是雨後草葉上油亮的光彩。

鳳樓—傳說春秋時期，秦穆公為其女弄玉築造鳳臺，弄玉與蕭史常於此吹簫，後來一同飛升成仙。這裡指女子的妝樓。

鸞鏡—鏡子的別稱。傳說用鏡子照鸞鳥，鸞鳥見影便翩翩起舞，所以把鏡子叫做鸞鏡。

鴛衾—繡著鴛鴦圖案的被子。

魂夢—即「夢魂」，古人認為人有靈魂，能在睡夢中離開肉體，故稱「夢魂」。

薄倖—這裡是薄情郎的省稱。

負你殘春—辜負了春光。

長相思

馮延巳

紅滿枝，綠滿枝。
宿雨厭厭睡起遲，閒庭花影移。
憶歸期，數歸期。
夢見雖多相見稀，相逢知幾時？

「紅滿枝」二句－點名時令正當芳春。
宿雨－夜來有雨。
厭厭－形容精神不振。

應天長

李璟

一鉤初月臨妝鏡，蟬鬢鳳釵慵不整。

重簾靜，層樓迴，惆悵落花風不定。

柳堤芳草徑，夢斷轆轤金井。

昨夜更闌酒醒，春愁過卻病。

蟬鬢—古代婦女的一種髮式。兩鬢薄如蟬翼，故稱。亦借指婦女。

轆轤—一種安在井上絞起汲水的器具，亦即汲取井水用的滑車。

金井—井欄上有雕飾的井，這裡指宮廷園林中的井。

攤破浣溪沙

李璟

菡萏香銷翠葉殘，西風愁起綠波間。
還與韶光共憔悴，不堪看。
細雨夢回雞塞遠，小樓吹徹玉笙寒。
多少淚珠何限恨，倚闌干。

菡萏—荷花的別名。
翠葉—指荷葉。
韶光—即美好的時光。
雞塞—即雞鹿塞。此處借指邊塞遠戍之地。
何限—即無限。

攤破浣溪沙

李璟

手捲真珠上玉鉤，依前春恨鎖重樓。
風裡落花誰是主？思悠悠。
青鳥不傳雲外信，丁香空結雨中愁。
回首綠波三峽暮，接天流。

真珠—即珍珠簾。

青鳥—傳說曾為西王母傳遞消息給武帝。這裡指帶信的人。

雲外—指遙遠的地方。

丁香結—丁香的花蕾。此為詩人用以象徵愁心。

望江南

李煜

多少恨，昨夜夢魂中。
還似舊時遊上苑，車如流水馬如龍，
花月正春風。

夢魂—古人認為在睡夢中人的靈魂會離開肉體，故稱「夢魂」。

上苑—供帝王玩賞、打獵的園林。

車如流水馬如龍—意思是車子接連不斷像流水一樣馳過，馬匹絡繹不絕像一條龍一樣走動。形容車馬絡繹不絕，十分繁華熱鬧。

虞美人

李煜

春花秋月何時了，往事知多少？
小樓昨夜又東風，
故國不堪回首月明中。
雕闌玉砌應猶在，只是朱顏改。
問君能有幾多愁，
恰似一江春水向東流。

了—完結，結束。
往事—指自己作南唐國王時的事情。
故國—過去自己的國家。
不堪—受不了，不能。
雕闌—雕花的欄杆。
砌—臺階。
朱顏—紅潤的臉色。
幾多—多少。

烏夜啼

李煜

昨夜風兼雨，簾幃颯颯秋聲。燭殘漏滴頻攲枕，起坐不能平。

世事漫隨流水，算來一夢浮生。醉鄉路穩宜頻到，此外不堪行。

兼—還有。

簾幃—簾子和帳子。

颯颯—象聲詞，這裡形容風吹簾幃發出的聲音。

燭殘—蠟燭燃燒將盡。殘，盡，竭。

漏滴—漏壺中的水已經滴盡，表示時間已經很晚。漏，漏壺，為古代計時的器具，用銅製成。壺上下分好幾層，上層底有小孔，可以滴水，層層下注，以底層蓄水多少計算時間。

頻—頻繁。

攲枕—頭斜靠在枕頭上。攲，傾斜。

平—指內心平靜。

世事—指人世間的事情。

漫—枉然，徒然。

浮生—指人生短促，世事虛浮不定。浮，短暫、空虛之意。

醉鄉—醉酒時神志不清的狀態。

穩—平穩，穩當。

宜—應當。

不堪行—不能行。堪，能夠。

相見歡

李煜

無言獨上西樓，月如鉤。
寂寞梧桐深院鎖清秋。
剪不斷、理還亂，是離愁。
別是一般滋味在心頭。

鎖清秋—被清冷的秋色所籠罩。

離愁—指去國之愁。

別是一般—另有一種。

相見歡

李煜

林花謝了春紅，太匆匆，
無奈朝來寒雨晚來風。
胭脂淚，留人醉，幾時重？
自是人生長恨水長東！

謝—凋謝。

春紅—春天的花朵。

寒雨—一作寒重。

晚—一作曉。

胭脂淚—原指女子的眼淚，女子臉上搽有胭脂，淚水流經臉頰沾上胭脂的紅色，故云。這裡胭脂是指林花著雨的鮮豔顏色，指代美好的花。胭脂，一作臙脂，又作燕支。

留人醉—意為令人陶醉。留，遺留，給以。醉，心醉。

幾時重—何時再度相會。

自是—自然是，必然是。

一斛珠

李煜

曉妝初過，沉檀輕注些兒個。
向人微露丁香顆，
一曲清歌，暫引櫻桃破。

羅袖裛殘殷色可，杯深旋被香醪涴。
繡床斜凭嬌無那，
爛嚼紅茸，笑向檀郎唾。

「沉檀」句—輕輕抹點唇色。沉檀，深紅的顏色。注，點抹。些兒個，一點點。

丁香顆—用做美人舌尖的代稱。

櫻桃破—形容朱唇微啟。

羅袖—絲綢衣袖。

裛—沾溼。

殷色—深紅色。

香醪—香酒。醪，汁滓混合的酒，即酒釀。

涴—弄髒。

嬌無那—嬌娜無比。

檀郎—晉美男子潘安小字檀奴，故舊時婦女多稱心上人為檀郎。

清平樂

李煜

別來春半，觸目柔腸斷。
砌下落梅如雪亂，拂了一身還滿。
雁來音信無憑，路遙歸夢難成。
離恨恰如春草，更行更遠還生。

拂—拂去。
無憑—無法託付。
更—愈加。

子夜歌

人生愁恨何能免？
銷魂獨我情何限！
故國夢重歸，覺來雙淚垂。
高樓誰與上，長記秋晴望。
往事已成空，還如一夢中。

李煜

銷魂—形容極度悲愁或歡樂時，就像魂離開肉體一樣。
故國—舊國，指南唐。

搗練子令

李煜

深院靜，小庭空，斷續寒砧斷續風。
無奈夜長人不寐，數聲和月到簾櫳。

砧—搗衣所用的石板，此指搗衣時發出的聲音。
不寐—無法入睡。
櫳—窗戶。

浪淘沙

李煜

簾外雨潺潺，春意闌珊，
羅衾不耐五更寒。
夢裡不知身是客，一晌貪歡。

獨自莫憑欄，無限江山，
別時容易見時難。
流水落花春去也，天上人間。

潺潺—下雨的聲音。
闌珊—衰殘的意思。
羅衾—絲綢做的被子。

一晌—一會兒，猶言片刻。

憑欄—倚靠在欄杆邊眺望遠方。

浪淘沙

李煜

往事只堪哀，對景難排。
秋風庭院蘚侵階。
一桁珠簾閒不捲，終日誰來！
金鎖已沉埋，壯氣蒿萊。
晚涼天淨月華開。
想得玉樓瑤殿影，空照秦淮。

蘚侵階—苔蘚上階，表明很少有人來。

一桁—一列，一挂。

終日誰來—整天沒有人來。

金鎖—即鐵鎖，用三國時吳國用鐵鎖封江對抗晉軍事。或以為「金鎖」即「金瑣」，指南唐舊日宮殿。

蒿萊—蒿萊，借指野草、雜草，這裡用作動詞，意為淹沒野草之中，象徵消沉，衰落。

秦淮—即秦淮河。是長江下游流經今南京市區的一條支流。據説是秦始皇為疏通淮水而開鑿的，故名秦淮。南唐時期兩岸有舞館歌樓，河中有畫舫遊船。

臨江仙

李煜

櫻桃落盡春歸去，蝶翻金粉雙飛。子規啼月小樓西，玉鉤羅幕，惆悵暮煙垂。

別巷寂寥人散後，望殘煙草低迷。爐香閒裊鳳凰兒，空持羅帶，回首恨依依。

櫻桃—初夏時結果實，古代有帝王以櫻桃獻宗廟的傳統。《禮記・月令》中記載：「仲夏之月，天子以含桃（櫻桃）先薦寢廟。」

落盡—凋謝之意。

翻—翻飛。

金粉—婦女裝飾用的鉛粉，這裡借指蝴蝶的翅膀。全句意謂蝴蝶翻飛著銀灰色的翅膀雙雙飛舞。

子規—鳥名，即杜鵑鳥的別名。古代傳說失國的蜀帝杜宇，被其臣相所逼，遜位後隱居山中，其魂化為杜鵑。又經常於夜間鳴叫，令人生悲，故古人有「杜鵑啼血」之說。白居易〈琵琶行〉中有「其間曰暮聞何物？杜鵑啼血猿哀鳴」之句。

啼月—指子規在夜裡啼叫。

寂寥—冷冷清清。

低迷—《古今詞統》、《古今詞話》、《歷代詩餘》等本中均作「凄迷」。低迷，模糊不清。

閒裊—形容細長柔軟的東西隨風輕輕擺動，這裡指香煙繚繞悠閒而緩慢上升的樣子。

鳳凰兒—指繡有鳳凰花飾的絲織品。這裡指飾有鳳凰圖形或製成鳳凰形狀的香爐。

持—拿著。

羅帶—絲帶。

恨依依—形容愁恨綿綿不斷的樣子。

蝶戀花

李煜

遙夜亭皋閒信步，
乍過清明，早覺傷春暮。
數點雨聲風約住，朦朧淡月雲來去。
桃李依依春暗度，
誰在秋千，笑裡低低語？
一片芳心千萬緒，人間沒個安排處。

遙夜—長夜。
亭皋—水邊的亭子。
信步—隨意漫步。
「數點」句—指雨聲被風聲遮住。
淡月—不太明亮的月亮或月光。
雲來去—指雲彩飄浮不定。
桃李—形容人的容貌姣美。
依依—形容鮮花盛開的樣子。
芳心—即花蕊，此指女人的心。

喜遷鶯

李煜

曉月墜，宿雲微，無語枕頻攲。
夢回芳草思依依，天遠雁聲稀。
啼鶯散，餘花亂，寂寞畫堂深院。
片紅休掃盡從伊，留待舞人歸。

曉月—早晨的殘月，別做「晚月」。
墜—落下。
宿雲—夜間的雲。
微—疏淡。
攲—斜倚。
芳草—指代思念的人。
餘花—晚春尚未凋謝的花。
片紅—掉落的花瓣。
盡從—完全任從。
伊—他。此處指代落花。

謝新恩

李煜

秦樓不見吹簫女，空餘上苑風光。
粉英含蕊自低昂。
東風惱我，才發一衿香。
瓊窗夢醒留殘月，當年得恨何長。
碧闌干外映垂楊。
暫時相見，如夢懶思量。

秦樓—秦穆公為其女弄玉所建之樓。吹簫女，指秦弄玉。

上苑—指古代供帝王玩賞、打獵的園林。

粉英—粉紅的鮮花。

低昂—起伏不定，時高時低。

一衿香—衿，同「襟」。是以人的感受說明香的程度。

瓊窗—華美精緻的窗子。

碧闌干—綠色欄杆。

垂楊—垂柳。古詩文中楊、柳常通用。

思量—想念。

破陣子

李煜

四十年來家國，三千里地山河。
鳳閣龍樓連霄漢，玉樹瓊枝作煙蘿，
幾曾識干戈？

一旦歸為臣虜，沈腰潘鬢消磨。
最是倉皇辭廟日，教坊猶奏別離歌，
垂淚對宮娥。

四十年—南唐至李煜，為三十八年。此處四十年為概數。

鳳閣龍樓—指帝王居所。

霄漢—天河。

玉樹瓊枝—形容樹的美好。

煙蘿—形容樹枝葉繁茂。

識干戈—經歷戰爭。

沈腰潘鬢—沈指沈約，《南史．沈約傳》：「言已老病，百日數旬，革帶常應移孔。」後用沈腰指代人日漸消瘦。潘指潘岳，潘岳曾在《秋興賦》序中云：「余春秋三十二，始見二毛。」後以潘鬢指代中年白髮。

辭廟—辭，離開。廟，宗廟，古代帝王供奉祖先牌位的地方。

玉樓春

李煜

晚妝初了明肌雪，春殿嬪娥魚貫列。
鳳簫吹斷水雲間，重按霓裳歌遍徹。
臨風誰更飄香屑，醉拍闌干情味切。
歸時休放燭花紅，待踏馬蹄清夜月。

明肌雪—形容肌膚明潔似雪。

嬪娥—宮中的姬妾與宮女。

魚貫—游魚先後接續，比喻一個挨一個地依序排列。

鳳簫—鳳凰簫。泛指管樂器。

水雲—此指水雲相接之處。

重按—一再按奏。

霓裳—《霓裳羽衣舞》的簡稱，唐代著名法曲。

歌遍徹—唱完大曲中的最後一曲。唐宋大曲係按一定順序連接若干小曲而成，又稱大遍。其中各小曲亦有稱「遍」的。

香屑—香粉，香的粉末。一說指花瓣，花的碎片。

闌干—欄杆。用竹、木、磚石或金屬等構製而成，設於亭臺樓閣或路邊、水邊等處作遮攔用。

菩薩蠻

牛嶠

玉樓冰簟鴛鴦錦，粉融香汗流山枕。
簾外轆轤聲，斂眉含笑驚。
柳陰輕漠漠，低鬢蟬釵落。
須作一生拚，盡君今日歡。

玉樓—華麗的樓閣。
冰簟—指竹蓆。
粉融香汗—臉上的脂粉與汗水相融。
山枕—枕頭。古代枕頭多用木、瓷等製作，中凹，兩端突起，其形如山，故名。
漠漠—寂靜。
須—一作「甘」。
拚—捨棄，不顧惜。

浣溪沙

張泌

晚逐香車入鳳城，東風斜揭繡簾輕，
漫回嬌眼笑盈盈。
消息未通何計是，便須佯醉且隨行，
依稀聞道「太狂生」！

逐—追隨。

香車—裝飾華美的車子。亦指婦女乘坐的車子。

鳳城—此指京城。

漫回嬌眼—漫不經心地回眼相顧，含羞帶笑。漫，隨意地。

佯醉—假裝酒醉。

太狂生—即太輕狂了。生，語助詞，無實在意義。

蝴蝶兒

蝴蝶兒，晚春時。
阿嬌初著淡黃衣，倚窗學畫伊。
還似花間見，雙雙對對飛。
無端和淚拭胭脂，惹教雙翅垂。

張泌

阿嬌—漢武帝的陳皇后名阿嬌。此泛指少女的小名。

無端—無故。

胭脂—一作「燕脂」。

浣溪沙

張泌

獨立寒階望月華，露濃香泛小庭花，
繡屏愁背一燈斜。
雲雨自從分散後，人間無路到仙家，
但憑魂夢訪天涯。

月華—月光，月色。
泛—透出。
仙家—仙人所住之處。

江城子

張泌

浣花溪上見卿卿，臉波明，黛眉輕。
綠雲高綰，金簇小蜻蜓。
好是問他來得麼，和笑道，莫多情。

浣花溪—在四川成都，一名濯錦江，又稱百花潭，杜甫故宅在此。每年四月十九日，蜀人多遊宴於此，謂之浣花日，唐名妓薛濤，亦家於溪旁，以溪水造箋，號「浣花箋」。
臉波—眼波。
黛眉輕—形容眉畫得淡淡的。
綠雲高綰—頭髮盤成高髻。
金簇小蜻蜓—金縷結成蜻蜓狀的首飾。
「好是」句—最好是問她能不能來約會。好是，當時俗語，最是、真是。

生查子

牛希濟

春山煙欲收，天淡星稀小。
殘月臉邊明，別淚臨清曉。
語已多，情未了，回首猶重道：
記得綠羅裙，處處憐芳草。

煙－此指春天早晨的薄霧。
重道－重說。
羅裙－代指自己思念的那位女子。
憐－愛的意思。

生查子

牛希濟

新月曲如眉，未有團圞意。
紅豆不堪看，滿眼相思淚。
終日劈桃穰，仁兒在心裡。
兩朵隔牆花，早晚成連理。

團圞—指月圓，此指團圓。

不堪—不忍。

桃穰—即桃核，又叫桃仁。

「仁兒」句—仁與「人」諧音，桃仁在桃核裡，意中人在心裡，兩句雙關諧音。

早晚—遲早。

連理—指異本草木的枝幹連生為一體。古人以「連理枝」比喻夫婦恩愛不離。

醉花間

毛文錫

休相問，怕相問，相問還添恨。
春水滿塘生，鸂鶒還相趁。
昨夜雨霏霏，臨明寒一陣。
偏憶戍樓人，久絕邊庭信。

鸂鶒—水鳥名，鳥形大於鴛鴦而色多紫，常以借喻夫妻相愛。

相趁—相互追逐。

戍樓—古時邊防駐軍用以眺望的塔樓。此處代指邊塞。

邊庭—邊地。

訴衷情

顧敻

永夜拋人何處去？絕來音。
香閣掩，眉斂，月將沉。
爭忍不相尋？怨孤衾。
換我心，為你心，始知相憶深。

永夜—長夜。
絕—斷絕。
香閣—年輕女子的居室。
眉斂—皺眉。
爭忍—怎忍。
尋—尋思。
孤衾—喻獨宿。

【卷三】

北宋南宋詞

點絳唇

王禹偁

雨恨雲愁，江南依舊稱佳麗。
水村漁市，一縷孤煙細。
天際征鴻，遙認行如綴。
平生事，此時凝睇，誰會憑闌意。

佳麗—風光秀麗。

孤煙—遠處獨起的炊煙。

征鴻—指秋天南飛的大雁。

行如綴—一行大雁首尾相連，謂行列整齊。

凝睇—凝視。睇，斜視的樣子。

會—理解。

踏莎行

寇準

春色將闌，鶯聲漸老。
紅英落盡青梅小。
畫堂人靜雨濛濛，屏山半掩餘香裊。
密約沉沉，離情杳杳。
菱花塵滿慵將照。
倚樓無語欲銷魂，長空黯淡連芳草。

闌—晚，盡。這裡是說春光即將逝去。

屏山—屏風。

裊—指爐煙繚繞上升。

沉沉—這裡意為長久。謂二人約會遙遙無期。

杳杳—幽遠。指別後纏綿不斷的相思情意。

菱花—指鏡子。

江南春

寇準

波渺渺，柳依依，
孤村芳草遠，斜日杏花飛。
江南春盡離腸斷，蘋滿汀洲人未歸。

柳依依—化用《詩經·小雅·采薇》詩句：「昔我往矣，楊柳依依。」

「孤村」句—說明主人公心情之孤寂。

芳草遠—化用《楚辭·招隱士》句：「王孫遊兮不歸，春草生兮萋萋。」

杏花飛—指杏花飄落。

蘋滿汀洲—水邊小洲長滿了蘋花，指時令已到春末夏初。

長相思

林逋

吳山青，越山青，兩岸青山相對迎，誰知離別情？
君淚盈，妾淚盈，羅帶同心結未成，江邊潮已平。

吳山—泛指錢塘江北岸群山。
越山—泛指錢塘江南岸群山。
淚盈—含淚欲滴。
同心結—將羅帶繫成連環樣式的結子，象徵定情。
潮已平—指江水已漲到與岸邊相齊。

點絳脣

林逋

金谷年年，亂生春色誰為主？
餘花落處，滿地和煙雨。
又是離歌，一闋長亭暮。
王孫去，萋萋無數，南北東西路。

金谷—即金谷園，指西晉富豪石崇在洛陽建造的奢華別墅。

一闋長亭暮—應是「長亭暮，又是一闋離歌」的倒裝句。

王孫—貴人之子孫。此指送別之人。

萋萋—草木茂盛的樣子。

甘草子

柳永

秋暮，亂灑衰荷，顆顆真珠雨。
雨過月華生，冷徹鴛鴦浦。
池上憑闌愁無侶，
奈此個，單棲情緒！
卻傍金籠共鸚鵡，念粉郎言語。

暮—傍晚將近。
月華—月光照射到雲層上，呈現在月亮周圍的彩色光環。
生—產生、出現。
徹—透的意思。
鴛鴦浦—水池邊。
憑闌—靠著欄杆。
奈—奈何，怎麼辦。
單棲—孤寂的停留。
卻—表示轉折。
傍—靠近。
共—在一起。
念—道白，說。
粉郎—三國魏何晏美儀容，面如傅粉，人稱「傅粉何郎」。在這裡指所思之人。

八聲甘州

柳永

對瀟瀟暮雨灑江天，一番洗清秋。
漸霜風淒緊，關河冷落，殘照當樓。
是處紅衰翠減，苒苒物華休。
惟有長江水，無語東流。
不忍登高臨遠，
望故鄉渺邈，歸思難收。
歎年來蹤跡，何事苦淹留？

瀟瀟—風雨之聲。

霜風—秋風。

關河—關卡和河道，都是交通要道。

是處紅衰翠減—到處花草凋零。是處，到處。紅，翠，指代花草樹木。語出李商隱〈贈荷花〉詩：「翠減紅衰愁殺人。」

苒苒—漸漸。

無語—乃「無情」之意。

渺邈—渺茫、遙遠。

淹留—久留。

想佳人妝樓顒望，
誤幾回、天際識歸舟？
爭知我、倚闌干處，正恁凝愁。

顒望—抬頭凝望。

誤幾回、天際識歸舟—多少次錯把遠處駛來的船當作心上人回家的船。語出謝朓〈之宣城郡出新林浦向板橋〉：「天際識歸舟，雲中辨江樹。」

爭—怎。

恁—如此。

凝愁—憂愁凝結不解。

雨霖鈴

柳永

寒蟬淒切，對長亭晚，驟雨初歇。

都門帳飲無緒，留戀處、蘭舟催發。

執手相看淚眼，竟無語凝噎。

念去去、千里煙波，

暮靄沉沉楚天闊。

多情自古傷離別，

更那堪、冷落清秋節。

雨霖鈴—此調原為唐教坊曲。相傳唐玄宗避安祿山亂入蜀，時霖雨連日，棧道中聽到鈴聲。為悼念楊貴妃，便採作此曲，後柳永用為詞調。又名〈雨霖鈴慢〉。

寒蟬—秋天的蟬。

淒切—淒涼急促。

對長亭晚—面對長亭，正是傍晚時分。

驟雨—陣雨。

初歇—剛剛停歇。

都門帳飲—在京都郊外搭起帳幕設宴餞行。

無緒—沒有情緒，無精打采。

蘭舟—據《述異記》載，魯班曾刻木蘭樹為舟。後用作船的美稱。

凝噎—悲痛氣塞，說不出話來。

去去—往前走了一程又一程。

暮靄—傍晚的雲氣。

今宵酒醒何處？
楊柳岸、曉風殘月。
此去經年，應是良辰好景虛設。
便縱有千種風情，更與何人說？

沉沉—深厚的樣子。

楚天—戰國時期湖南、湖北、江蘇、浙江一帶屬於楚國，此以「楚天」泛指南方的天空。

清秋節—蕭瑟冷落的秋季。

經年—經過一年或多年，此指年復一年。

應是良辰好景虛設—我料想即使遇到好天氣、好風景，也如同虛設。

風情—情意。

蝶戀花

柳永

佇倚危樓風細細，
望極春愁，黯黯生天際。
草色煙光殘照裡，無言誰會憑闌意。
擬把疏狂圖一醉，
對酒當歌，強樂還無味。
衣帶漸寬終不悔，為伊消得人憔悴。

蝶戀花—此詞原為唐教坊曲，調名取義簡文帝「翻階蛺蝶戀花情」句。又名〈鵲踏枝〉、〈鳳棲梧〉等。

危樓—高樓。

黯黯—迷濛不明。

擬把—打算。

疏狂—粗疏狂放，不合時宜。

強樂—強顏歡笑。強，勉強。

衣帶漸寬—指人逐漸消瘦。語本《古詩》：「相去日已遠，衣帶日已緩」。

定風波

柳永

自春來、慘綠愁紅，芳心是事可可。日上花梢，鶯穿柳帶，猶壓香衾臥。暖酥消，膩雲嚲。終日厭厭倦梳裹。無那。恨薄情一去，音書無個。

早知恁麼，悔當初、不把雕鞍鎖。向雞窗、只與蠻箋象管，拘束教吟課。鎮相隨，莫拋躲。針線閒拈伴伊坐。和我。免使年少光陰虛過。

芳心—指女子的心境。

是事可可—什麼事都不在意，沒心情。

暖酥消—肌膚消瘦。暖酥，喻女子肌膚如溫暖的酥油。

膩雲嚲—頭髮散亂下垂。膩雲，喻女子秀髮。嚲，下垂貌。

梳裹—梳妝打扮。

無那—無奈。

恁麼—這麼。

雞窗—傳說晉代兗州史宋處宗，養一雞於窗間籠內，久而作人語，與處宗終日談論，處宗因此言巧大進。後即以「雞窗」作書房的代稱。

蠻箋—即蜀箋。

象管—象牙筆桿的毛筆。

教吟課—讓他把吟詠詩詞當作功課。

鎮—鎮日，整天。

和—允諾。

曲玉管

柳永

隴首雲飛，江邊日晚，煙波滿目憑闌久。一望關河蕭索，千里清秋，忍凝眸？杳杳神京，盈盈仙子，別來錦字終難偶。斷雁無憑，冉冉飛下汀洲，思悠悠。

暗想當初，有多少、幽歡佳會，豈知聚散難期，翻成雨恨雲愁！阻追遊。

隴首—亦稱隴坻，為今陝西寶雞與甘肅交界處險塞。

憑闌—即憑欄，倚靠著樓臺的欄杆。

關河—關塞河流，這裡泛指山河。

忍—怎能忍受。

凝眸—目光凝聚在一起。

杳杳—遙遠渺茫。

神京—帝京，京都，這裡指汴京（今開封）。

盈盈—形容女子嬌媚可愛的神態。

仙子—比喻美女，這裡指詞人所愛的歌女。

錦字—又稱織錦迴文。事見《晉書．竇滔妻蘇氏傳》，云「竇滔妻

每登山臨水，惹起平生心事，一場消黯，永日無言，卻下層樓。

蘇氏，始平人也。名蕙，字若蘭。善屬文。滔，苻堅時為秦州刺史，被徙流沙。蘇氏思之，織錦為迴文旋圖詩以贈滔，宛轉循環以讀之，詞甚淒惋，凡八百四十字。」後用以指妻寄夫之書信。

難偶—難以相遇。

斷雁—鴻雁傳書，這裡指雁沒有擔負起傳書的任務。

冉冉—形容慢慢飛落的樣子。

汀—水中或水邊之平地。

思悠悠—思念之情綿綿不絕。

雨恨雲愁—指兩人的愛情不能成功，心頭充滿悔恨哀愁。

阻追遊—被某種力量阻礙而不能自由追尋自己的所愛。

消黯—黯然銷魂。

永日—長日。

卻下層樓—只得無精打采地走下高樓。

少年遊

柳永

長安古道馬遲遲，高柳亂蟬嘶。夕陽鳥外，秋風原上，目斷四天垂。

歸雲一去無蹤跡，何處是前期？狎興生疏，酒徒蕭索，不似少年時。

長安道—長安是歷史上著名的古都，詩人往往以「長安」借指首都所在。長安道上的車馬，則常被借指為對名利祿位的爭逐。

馬遲遲—馬行緩慢的樣子。

「夕陽鳥外」三句—寫作者在秋日郊野所見蕭瑟淒涼的景象。原，郊原。目斷，極目望到盡頭。四天垂，天的四周夜幕降臨。

歸雲—飄逝的雲彩。這裡比喻往昔經歷而現在不可復返。

前期—以前的期約。

狎興—遊樂的興致。狎，親暱而輕佻。

酒徒—酒友。

蕭索—零散稀少，冷落寂寞。

訴衷情近

柳永

雨晴氣爽，佇立江樓望處。澄明遠水生光，重疊暮山聳翠。遙認斷橋幽徑，隱隱漁村，向晚孤煙起。

殘陽裡。脈脈朱闌靜倚。黯然情緒，未飲先如醉。愁無際。暮雲過了，秋光老盡，故人千里。竟日空凝睇。

雨晴氣爽—雨過天晴，秋高氣爽。爽，清爽的意思。

佇立—長時間地站立。

澄明—清澈明淨。

生光—發出光輝。

聳翠—形容山巒樹木高聳蒼翠。

遙認—從遠處辨認。

斷橋—橋名。在今浙江省杭州市孤山旁，以孤山之路至此而斷，故名。此處不一定特指西湖的斷橋。

幽徑—僻靜的小路。

隱隱—隱約，不分明。

向晚—臨近晚上。

孤煙—遠處獨起的炊煙。王維〈使

至塞上〉：「大漠孤煙直，長河落日圓。」

脈脈－默默地用眼神或行動表達情意的樣子。

朱闌－同「朱欄」，硃紅色的圍欄。

黯然－情緒低落、心情沮喪的樣子。江淹〈別賦〉：「黯然消魂者，惟別而已矣。」

無際－猶無邊、無涯。

老盡－衰竭。

竟日－猶終日，整天。

凝睇－凝視、注視，目不斜視。

憶帝京

柳永

薄衾小枕涼天氣，乍覺別離滋味。展轉數寒更，起了還重睡。畢竟不成眠，一夜長如歲。

也擬待、卻回征轡；又爭奈、已成行計。萬種思量，多方開解，只恁寂寞厭厭地。繫我一生心，負你千行淚。

薄衾—薄薄的被子。

小枕—稍稍就枕。

乍覺—突然覺得。

展轉—同「輾轉」，翻來覆去。《楚辭．劉向》：「憂心展轉，愁怫鬱兮。」

擬待—打算。

征轡—遠行之馬的韁繩，代指遠行的馬。

爭奈—怎奈。

行計—出行的打算。

只恁—只是這樣。

厭厭—同「懨懨」，精神不振的樣子。

夜半樂

柳永

凍雲黯淡天氣，扁舟一葉，乘興離江渚。渡萬壑千巖，越溪深處。怒濤漸息，樵風乍起，更聞商旅相呼。片帆高舉。泛畫鷁、翩翩過南浦。

望中酒旆閃閃，一簇煙村，數行霜樹。殘日下，漁人鳴榔歸去。敗荷零落，衰楊掩映，岸邊兩兩三三，浣紗

凍雲—冬天濃重聚積的雲。

扁舟—小船。

萬壑千巖—出自《世說新語・言語》：顧愷之自會稽歸來，盛讚那裡的山川之美，說：「千巖競秀，萬壑爭流。」這裡指千山萬水。

越溪—泛指越地的溪流。

樵風—順風。

鷁—泛舟。鷁是古書上說的一種水鳥，不怕風暴，善於飛翔。古時船家常在船頭畫泛畫鷁首以圖吉利。

望中—在視野裡。

酒旆—酒店用來招引顧客的旗幌。

遊女。避行客、含羞笑相語。
到此因念，繡閣輕拋，浪萍難駐。嘆
後約、丁寧竟何據。慘離懷、空恨歲
晚歸期阻。凝淚眼、杳杳神京路。斷
鴻聲遠長天暮。

鳴榔—用木棍敲擊船舷，以驚魚入網。
浣紗遊女—水邊洗衣勞作的農家女子。
因—這裡是「於是」、「就」的意思。
繡閣輕拋—輕易拋棄了偎紅倚翠的生活。
浪萍難駐—漂泊漫遊如浪中浮萍一樣行蹤無定。
後約—約定以後相見的日期。
杳杳—遙遠的意思。
神京—指都城汴京。
斷鴻—失群的孤雁。

鶴沖天

柳永

黃金榜上，偶失龍頭望。
明代暫遺賢，如何向？
未遂風雲便，爭不恣狂蕩？
何須論得喪。
才子詞人，自是白衣卿相。
煙花巷陌，依約丹青屏障。
幸有意中人，堪尋訪。

黃金榜—指錄取進士的金字題名榜。

龍頭—舊時稱狀元為龍頭。

明代—聖明的時代。

遺賢—拋棄了賢能之士，指自己為仕途所棄。

如何向—向何處。

風雲—際會風雲，指得到好的遭遇。

爭不—怎不。

恣—放縱，隨心所欲。

得喪—得失。

白衣卿相—指自己才華出眾，雖不入仕途，也有卿相一般尊貴。

白衣—古代未仕之士著白衣。

且恁偎紅倚翠，風流事，平生暢。
青春都一晌。
忍把浮名，換了淺斟低唱！

煙花—指妓女。
巷陌—指街巷。
丹青屏障—彩繪的屏風。丹青，繪畫的顏料，這裡借指畫。
堪—能，可以。
恁—如此。
偎紅倚翠—指狎妓。宋陶谷《清異錄·釋族》載，南唐後主李煜微行娼家，自題為「淺斟低唱，偎紅倚翠大師，鴛鴦寺主」。
平生—一生。
晌—片刻，極言年少青春的短暫。
忍—忍心，狠心。
浮名—指功名。

蘇幕遮

范仲淹

碧雲天，黃葉地。秋色連波，波上寒煙翠。山映斜陽天接水。芳草無情，更在斜陽外。

黯鄉魂，追旅思。夜夜除非，好夢留人睡。明月樓高休獨倚。酒入愁腸，化作相思淚。

黯鄉魂—內心因懷念家鄉而悲傷，形容心情沮喪叫黯然。

追旅思—擺脫不了離家在外的愁思。

倚—靠著。

御街行

范仲淹

紛紛墜葉飄香砌。夜寂靜、寒聲碎。真珠簾捲玉樓空，天淡銀河垂地。年年今夜，月華如練，長是人千里。

愁腸已斷無由醉。酒未到、先成淚。殘燈明滅枕頭攲，諳盡孤眠滋味。都來此事，眉間心上，無計相迴避。

砌—「砌」就是臺階，用「香」字形容，表明臺階的周圍有花木。

真珠—同「珍珠」。

練—白色的綢。

攲—傾斜，這裡是斜靠的意思。

諳盡—嘗盡。諳，熟知。

都來—算來。

此事—指別愁離恨。

生查子

陳亞

相思意已深，白紙書難足。字字苦參商，故要檀郎讀。

分明記得約當歸，遠至櫻桃熟。何事菊花時，猶未回鄉曲。

「相思」句—思念之情非常深切。相思即「相思子」，意已諧中藥名「薏苡」。

白紙—指信箋。

參商—指參、商二星。苦參商指夫妻別離，苦如參商二星不能相見。

檀郎讀—意謂請丈夫仔細閱讀。

當歸—應當回家。

遠至—最遲於。又諧中藥名「遠志」。

櫻桃熟—指初夏。

菊花時—菊花盛開，即深秋。

回鄉曲—意謂回家的信息。回鄉諧中藥名「茴香」。

天仙子

張先

水調數聲持酒聽，午醉醒來愁未醒。
送春春去幾時回？
臨晚鏡，傷流景，往事後期空記省。
沙上並禽池上暝，雲破月來花弄影。
重重簾幕密遮燈。
風不定，人初靜，明日落紅應滿徑。

水調——曲調名。

流景——逝去的光陰。景，日光。

並禽——成對的鳥兒。這裡指鴛鴦。

醉垂鞭

張先

雙蝶繡羅裙，東池宴，初相見。
朱粉不深勻，閒花淡淡春。
細看諸處好，人人道，柳腰身。
昨日亂山昏，來時衣上雲。

東池宴—在東池的宴會上。

「朱粉」句—胭脂和鉛粉色彩不很濃。

「閒花」句—指女子淡妝素雅。

衣上雲—指以畫羅縫製的衣裳，上面繪有雲霞彩紋。

訴衷情

張先

花前月下暫相逢，苦恨阻從容。
何況酒醒夢斷，花謝月朦朧。
花不盡，月無窮。兩心同。
此時願作，楊柳千絲，絆惹春風。

苦恨—深恨。

從容—徘徊，逗留。此處指廝守。

夢斷—從夢中醒來。此用來比喻往事已成空。

花不盡—喻示青春常在。

月無窮—喻示永遠團圓。

兩心同—表達情人與自己對愛情的堅貞不渝。

絆惹—牽纏，阻攔

青門引

張先

乍暖還輕冷，風雨晚來方定。
庭軒寂寞近清明，
殘花中酒，又是去年病。
樓頭畫角風吹醒，入夜重門靜。
那堪更被明月，隔牆送過鞦韆影。

乍暖—由春寒忽然變暖。

中酒—久飲成病。

畫角—古管樂器。形如竹筒，本細末大，因外加彩繪，故名。此處指軍用號角。

重門—重重深閉的院門。

浣溪沙

晏殊

一曲新詞酒一杯，去年天氣舊亭臺，
夕陽西下幾時回？
無可奈何花落去，似曾相識燕歸來，
小園香徑獨徘徊。

似曾相識—很面熟，好像曾經見過面。

香徑—花徑。

徘徊—走來走去，流連忘返。

破陣子

晏殊

燕子來時新社，梨花落後清明。
池上碧苔三四點，葉底黃鸝一兩聲。
日長飛絮輕。
巧笑東鄰女伴，采桑徑裡逢迎。
疑怪昨宵春夢好，元是今朝鬥草贏。
笑從雙臉生。

新社─社日是古代祭土地神的日子，以祈豐收，有春秋兩社。新社即春社，時間在立春後、清明前。

碧苔─碧綠色的苔草。

巧笑─形容少女美好的笑容。

逢迎─碰頭，相逢。

疑怪─「怪不得」的意思。

鬥草─古代婦女的一種遊戲，也叫「鬥百草」。

雙臉─指臉頰。

木蘭花

晏殊

綠楊芳草長亭路，年少拋人容易去。
樓頭殘夢五更鐘，花底離愁三月雨。
無情不似多情苦，一寸還成千萬縷。
天涯地角有窮時，只有相思無盡處。

長亭路——送別的路。古代驛路上「十里一長亭，五里一短亭」。
年少拋人——人被年少所拋棄，言人由年少變為年老。
五更鐘、三月雨——都是指思念人的時候。
一寸——指心。
千萬縷——指相思愁緒。

清平樂

晏殊

紅箋小字，說盡平生意。
鴻雁在雲魚在水，惆悵此情難寄。
斜陽獨倚西樓，遙山恰對簾鉤。
人面不知何處，綠波依舊東流。

紅箋—一種精美的小幅紅紙，可用來題詩、寫信。

遙山—遠處的山。

清平樂

晏殊

金風細細，葉葉梧桐墜。
綠酒初嘗人易醉，一枕小窗濃睡。
紫薇朱槿花殘，斜陽卻照闌干。
雙燕欲歸時節，銀屏昨夜微寒。

金風—秋風。古代以陰陽五行解釋季節演變，秋屬金，故稱秋風為金風。

綠酒—古代土法釀酒，酒色黃綠，詩人稱之為綠酒。

紫薇—花名。紫薇，落葉小喬木，花紅紫或白，夏日開，秋天凋，故又名「百日紅」。

朱槿—紅色木槿，落葉小灌木，夏秋之交開花，朝開暮落。又名扶桑。

卻照—正照。

歸—歸去，指秋天燕子飛回南方。

銀屏—屏風上以雲母石等物鑲嵌，潔白如銀，故稱銀屏，又稱雲屏。

浣溪沙

晏殊

一向年光有限身，等閒離別易銷魂，
酒筵歌席莫辭頻。
滿目山河空念遠，落花風雨更傷春，
不如憐取眼前人。

一向—一晌，片刻。
有限身—意指人生短暫。
等閒—平常，一般。
頻—多次。

憐—珍惜，憐愛。

蝶戀花

晏殊

檻菊愁煙蘭泣露，
羅幕輕寒，燕子雙飛去。
明月不諳離恨苦，斜光到曉穿朱戶。

昨夜西風凋碧樹，
獨上高樓，望盡天涯路。
欲寄彩箋兼尺素，山長水闊知何處。

檻—欄杆。

羅幕—絲羅的帷幕，富貴人家所用。

朱戶—猶言朱門，指大戶人家。

尺素—書信的代稱。古人寫信用素絹，通常長約一尺，故稱尺素。

采桑子

時光只解催人老，不信多情，
長恨離亭，滴淚春衫酒易醒。
梧桐昨夜西風急，淡月朧明，
好夢頻驚，何處高樓雁一聲。

晏殊

離亭—送別的長亭。古人在官道旁邊修建長亭短亭，供路人休息。

撼庭秋

晏殊

別來音信千里，悵此情難寄。碧紗秋月，梧桐夜雨，幾回無寐。

樓高目斷，天遙雲黯，只堪憔悴。念蘭堂紅燭，心長焰短，向人垂淚。

碧紗—綠紗編製的蚊帳。
無寐—失眠。
目斷—望盡，望而不見。
天遙雲黯—天空遙遠，雲彩暗淡。
憔悴—瘦弱萎靡的樣子。
蘭堂—華美芳潔的廳堂。
心長焰短—燭芯雖長，燭焰卻短。隱喻心有餘而力不足。

訴衷情

晏殊

青梅煮酒鬥時新，天氣欲殘春。東城南陌花下，逢著意中人。

回繡袂，展香茵，敘情親。此時拚作，千尺游絲，惹住朝雲。

青梅煮酒—古人於春末夏初，以青梅或青杏煮酒飲之。

鬥—趁。

時新—時令酒食。

回繡袂—意思是「他招呼她轉過身來」。

茵—墊子。泛指鋪墊的東西。

朝雲—相戀的女子。用宋玉〈高唐賦〉「旦為朝雲，暮為行雨，朝朝暮暮，陽臺之下」典故。

踏莎行

晏殊

小徑紅稀，芳郊綠遍，
高臺樹色陰陰見。
春風不解禁楊花，濛濛亂撲行人面。
翠葉藏鶯，朱簾隔燕，
爐香靜逐游絲轉。
一場愁夢酒醒時，斜陽卻照深深院。

紅稀—花兒稀少、凋謝。意思是到了晚春時節。紅，指花。

高臺—高高的樓臺，這裡指高樓。

陰陰見—暗暗顯露。陰陰，隱隱約約。

不解—不懂得。

濛濛—形容細雨。這裡形容楊花飛散的樣子。

「翠葉」二句—意謂鶯燕都深藏不見。這裡的鶯燕暗喻「伊人」。

游絲轉—煙霧旋轉上升，像飄動的青絲一般。

玉樓春 ◎春景

宋祁

東城漸覺風光好，縠皺波紋迎客棹。
綠楊煙外曉寒輕，紅杏枝頭春意鬧。
浮生長恨歡娛少，肯愛千金輕一笑？
為君持酒勸斜陽，且向花間留晚照。

縠皺—即皺紗，喻水的波紋。縠，有皺紋的紗。

棹—船槳，借指船。

浮生—指飄浮無定的短暫人生。

肯愛—豈肯吝惜。

鷓鴣天

宋祁

畫轂雕鞍狹路逢，一聲腸斷繡簾中。
身無彩鳳雙飛翼，心有靈犀一點通。
金作屋，玉為籠。車如流水馬如龍。
劉郎已恨蓬山遠，更隔蓬山幾萬重。

畫轂—彩車。

心有靈犀一點通—謂兩心相通。靈犀，犀牛角。

蓬山—仙山，想像中的仙境。

蘇幕遮

梅堯臣

露堤平，煙墅杳。亂碧萋萋，雨後江天曉。獨有庾郎年最少，窣地春袍，嫩色宜相照。

接長亭，迷遠道，堪怨王孫，不記歸期早。落盡梨花春又了，滿地殘陽，翠色和煙老。

煙墅杳—春草掩映的茅屋籠罩在晨霧中若隱若現。

庾郎—南朝文人庾信，少年成名，梅堯臣以庾信自況。

窣地春袍—拖地的青色袍服。春袍，青色的章服，宋朝時六、七品官員的官服為綠色，八、九品官員的官服為青色。

采桑子

歐陽修

群芳過後西湖好，狼藉殘紅。飛絮濛濛，垂柳闌干盡日風。

笙歌散盡遊人去，始覺春空。垂下簾櫳，雙燕歸來細雨中。

群芳過後—百花凋零之後。

西湖—指潁州西湖。

狼藉殘紅—形容落花紛亂。

盡日—整天。

春空—春天已過。

簾櫳—窗簾。

采桑子

歐陽修

輕舟短棹西湖好，綠水逶迤，芳草長堤，隱隱笙歌處處隨。

無風水面琉璃滑，不覺船移，微動漣漪，驚起沙禽掠岸飛。

輕舟—輕便的小船。

短棹—划船用的小槳。

西湖—指潁州西湖。在今安徽省太和縣東南，是潁水和其他河流匯合處。宋時屬潁州。

綠水—清澈的水。

逶迤—形容道路或河道彎曲而長。

隱隱—隱約。

笙歌—指歌唱時有笙管伴奏。

琉璃—指玻璃，這裡形容水面光滑。

漣漪—水的波紋。

沙禽—沙洲或沙灘上的水鳥。

訴衷情

歐陽修

清晨簾幕捲輕霜，呵手試梅妝。
都緣自有離恨，故畫作、遠山長。
思往事，惜流芳，易成傷。
擬歌先斂，欲笑還顰，最斷人腸。

輕霜—天氣微寒。

梅妝—是一種美妝，始於南朝宋壽陽公主；試梅妝，謂試著描畫梅花妝。

「故畫作」二句—把眉畫得很長。眉黛之長，象徵水闊山長。用遠山比美人之眉，由來已久。此處取意於漢伶玄《飛燕外傳》：「女弟合德入宮，為薄眉，號遠山黛。」

流芳—指流逝的年華。

擬歌先斂—剛想開口唱歌又蹙起雙眉。

踏莎行

歐陽修

候館梅殘，溪橋柳細，
草薰風暖搖征轡。
離愁漸遠漸無窮，迢迢不斷如春水。
寸寸柔腸，盈盈粉淚，
樓高莫近危闌倚。
平蕪盡處是春山，行人更在春山外。

候館—迎賓候客之館舍。

草薰—泛指花草的香氣。

征轡—遠行馬匹的韁繩。此處代指馬匹。

粉淚—淚水流到臉上，與粉妝和在一起。

危闌—高樓上的欄杆。

平蕪—平坦的草地。

生查子

歐陽修

去年元夜時，花市燈如晝。
月上柳梢頭，人約黃昏後。
今年元夜時，月與燈依舊。
不見去年人，淚滿春衫袖。

元夜—農曆正月十五夜，即元宵節，也稱上元節。唐宋以來夜有觀燈習俗。

花市—繁華的街市。

南歌子

鳳髻金泥帶，龍紋玉掌梳。
走來窗下笑相扶，
愛道：「畫眉深淺入時無？」
弄筆偎人久，描花試手初。
等閒妨了繡工夫，
笑問：「雙鴛鴦字怎生書？」

歐陽修

南歌子—唐教坊曲名。

鳳髻金泥帶—用鳳釵及金絲帶梳飾的髮髻。

龍紋玉掌梳—圖案作龍形如掌大小的玉梳。

入時無—趕得上時興式樣麼？時髦麼？

等閒—無端，白白地。

怎生書—怎麼寫。

蝶戀花

歐陽修

庭院深深深幾許？
楊柳堆煙，簾幕無重數。
玉勒雕鞍遊冶處，樓高不見章臺路。

雨橫風狂三月暮，
門掩黃昏，無計留春住。
淚眼問花花不語，亂紅飛過鞦韆去。

幾許—多少。

堆煙—形容楊柳濃密。

玉勒—玉製的馬銜。

雕鞍—精雕的馬鞍。

遊冶處—指歌樓妓院。

章臺—漢長安街名。後因以章臺為歌妓聚居之地。

雨橫—雨勢猛烈。

亂紅—落花。

朝中措

歐陽修

平山闌檻倚晴空，山色有無中。
手種堂前垂柳，別來幾度春風。
文章太守，揮毫萬字，一飲千鍾。
行樂直須年少，尊前看取衰翁。

平山—即平山堂，在揚州蜀岡山上，歐陽修任揚州郡守時所建，因諸山皆拱揖檻前，山與堂平，故名。
闌檻—即欄杆。
倚晴空—形容闌檻之高。
山色有無中—指山色若隱若現。
別來—分別以來。當時作者離開揚州約八年。
幾度春風—經過好幾個年頭。
千鍾—鍾，古代盛酒器。千鍾，形容酒量極大，千杯不醉。
直須—就該，正應當。
尊—通「樽」，酒杯。
衰翁—詞人自稱。當時作者五十歲。

漁家傲

歐陽修

花底忽聞敲兩槳，逡巡女伴來尋訪。
酒盞旋將荷葉當，蓮舟蕩，時時盞裡生紅浪。
花氣酒香清廝釀，花腮酒面紅相向。
醉倚綠陰眠一晌，驚起望，船頭擱在沙灘上。

逡巡—頃刻。
旋—隨即。
當—作為、代替之意。
紅浪—指人面蓮花映在酒杯中顯出的紅色波紋。
清廝釀—清香之氣混成一片。廝釀，相互融合。
花腮—形容荷花像美人面頰的花容。
一晌—片刻。
擱—擱淺。

漁家傲

歐陽修

近日門前溪水漲，郎船幾度偷相訪。
船小難開紅斗帳，無計向。
合歡影裡空惆悵。
願妾身為紅菡萏，年年生在秋江上。
重願郎為花底浪，無隔障，
隨風逐雨長來往。

紅斗帳—紅色斗形小帳。
無計向—沒奈何，沒辦法。
合歡—並蒂而開的蓮花。
菡萏—荷花。
隔障—障礙與阻擋。

玉樓春

歐陽修

尊前擬把歸期說，欲語春容先慘咽。
人生自是有情癡，此恨不關風與月。
離歌且莫翻新闋，一曲能教腸寸結。
直須看盡洛城花，始共春風容易別。

尊前—即樽前，餞行的酒席前。
欲語—張口欲言之際。
春容—如春風嫵媚的顏容。此指別離的佳人。
離歌—指餞別宴唱的離別曲。
翻新闋—按舊曲填新詞。白居易〈楊柳枝〉：「古歌舊曲君莫聽，聽取新翻楊柳枝。」闋，樂曲終止。
洛城花—洛陽舊名洛城，盛產牡丹。歐陽修有《洛陽牡丹記》。

玉樓春

歐陽修

別後不知君遠近，觸目淒涼多少悶。
漸行漸遠漸無書，水闊魚沉何處問。
夜深風竹敲秋韻，萬葉千聲皆是恨。
故攲單枕夢中尋，夢又不成燈又燼。

多少—不知多少之意。

書—書信。

魚沉—魚不傳書。古代有魚雁傳書的傳說，這裡指音訊全無。

秋韻—即秋聲。此謂風吹竹聲。

攲—斜，傾。

單枕—孤枕。

燼—燈芯燒盡成灰。

臨江仙

歐陽修

柳外輕雷池上雨，雨聲滴碎荷聲。
小樓西角斷虹明。
闌干倚處，待得月華生。
燕子飛來窺畫棟，玉鉤垂下簾旌。
涼波不動簟紋平。
水精雙枕，傍有墮釵橫。

輕雷—雷聲不大。

月華—月光、月色之美麗。這裡指月亮。

畫棟—彩繪裝飾了的梁棟。

玉鉤—精美的簾鉤。

簾旌—簾端下垂用以裝飾的布帛，此代指簾幕。

簟—竹蓆。

水精—即水晶。

墮—脫落。

浪淘沙

歐陽修

把酒祝東風，且共從容，
垂楊紫陌洛城東。
總是當時攜手處，遊遍芳叢。
聚散苦匆匆，此恨無窮。
今年花勝去年紅。
可惜明年花更好，知與誰同？

把酒—端著酒杯。
祝東風—向東風祝願
從容—留戀，不捨。
紫陌—此指洛陽郊野的大路。
總是—大多是，都是。
芳叢—花叢。
匆匆—形容時間匆促。
知與誰同—不知又會和誰一同來看花。

清平樂◎春晚

王安國

留春不住，費盡鶯兒語。

滿地殘紅宮錦汙，昨夜南園風雨。

小憐初上琵琶，曉來思遶天涯。

不肯畫堂朱戶，春風自在楊花。

宮錦—宮中特別製作的錦緞。這裡比喻花瓣豔麗。

小憐—馮小憐，本是北朝馮淑妃之名，這裡泛指歌女。

思遶天涯—記掛著遠在天涯的遊子。

畫堂朱戶—代指豪門貴族。

臨江仙

晏幾道

鬥草階前初見，穿針樓上曾逢。
羅裙香露玉釵風。
靚妝眉沁綠，羞臉粉生紅。
流水便隨春遠，行雲終與誰同？
酒醒長恨錦屏空。
相尋夢裡路，飛雨落花中。

鬥草—據《荊楚歲時記》：「五月五日，四民並踏百草。又有鬥百草之戲」。

穿針樓—七夕，女子在樓上對著牛郎織女雙星穿針，以為乞巧。

「靚妝」二句—新畫的眉間沁出了翠黛，粉臉上不禁泛起了嬌紅。

行雲句—用巫山神女「旦為朝雲，暮為行雨」，見〈高唐賦〉的典故。

臨江仙

晏幾道

夢後樓臺高鎖，酒醒簾幕低垂。
去年春恨卻來時。
落花人獨立，微雨燕雙飛。
記得小蘋初見，兩重心字羅衣。
琵琶弦上說相思。
當時明月在，曾照彩雲歸。

樓臺—昔時朋遊歡宴之所。

簾幕低垂—即簾幕虛掩。

小蘋—歌女名，是《小山詞·自跋》中提到的「蓮、鴻、蘋、雲」中的一位。

「兩重」句—指小蘋身著薄羅衫子，上面繡有雙重的「心」字。

彩雲—喻指歌女小蘋。

蝶戀花

晏幾道

醉別西樓醒不記，
春夢秋雲，聚散真容易。
斜月半窗還少睡，畫屏閒展吳山翠。
衣上酒痕詩裡字，
點點行行，總是淒涼意。
紅燭自憐無好計，夜寒空替人垂淚。

「春夢」二句—襲用其父晏殊〈木蘭花〉「長於春夢幾多時，散似秋雲無覓處」詞意。

少睡—沒有入眠。

吳山—吳地的山巒，此處指畫屏上的山水。

蝶戀花

晏幾道

夢入江南煙水路，
行盡江南，不與離人遇。
睡裡消魂無說處，覺來惆悵消魂誤。
欲盡此情書尺素，
浮雁沉魚，終了無憑據。
卻倚緩弦歌別緒，斷腸移破秦箏柱。

消魂—魂魄消滅。多以名悲傷愁苦之狀。江淹〈別賦〉有「黯然銷魂者，惟別而已矣」句。

惆悵—消因失望或失意而哀傷。

尺素—書寫用之尺長素絹，借指簡短書信。素，白絹。古人為書，多寫於白絹上。

浮雁沉魚—古代詩文中常以鴻雁和魚作為傳遞書信的使者。

終了—縱了，即使寫成。

無憑據—不可靠，靠不住。

移破—移盡、移遍。

阮郎歸

晏幾道

天邊金掌露成霜，雲隨雁字長。
綠杯紅袖趁重陽，人情似故鄉。
蘭佩紫，菊簪黃，殷勤理舊狂。
欲將沉醉換悲涼，清歌莫斷腸。

「天邊」句－漢武帝在長安建章宮建高二十丈的銅柱，上有銅人，掌托承露盤，以承武帝想飲以求長生的「玉露」。此處代指宋代汴京。

綠杯紅袖－這裡指歌伎。綠杯，指筵席。

蘭佩紫－佩掛紫蘭。

菊簪黃－頭上簪戴黃菊。

鷓鴣天

晏幾道

醉拍春衫惜舊香，天將離恨惱疏狂。
年年陌上生秋草，日日樓中到夕陽。
雲渺渺，水茫茫。征人歸路許多長。
相思本是無憑語，莫向花箋費淚行！

舊香—指過去歡樂生活遺留在衣衫上的香澤。
惱疏狂—惱，困擾，折磨。疏，闊略世事。狂，狂放不羈。
無憑語—沒有根據的話。
花箋—信紙的美稱。

鷓鴣天

晏幾道

鬥鴨池南夜不歸，酒闌紈扇有新詩。雲隨碧玉歌聲轉，雪繞紅瓊舞袖回。

今感舊，欲沾衣。可憐人似水東西。回頭滿眼淒涼事，秋月春風豈得知！

「酒闌」句—酒闌之後，興猶未盡，還在歌女的紈扇上題遍綺麗的新詩。

似水東西—向東西分流的水那樣，再也不能會合在一起了。

鷓鴣天

晏幾道

小令尊前見玉簫，銀燈一曲太妖嬈。歌中醉倒誰能恨？唱罷歸來酒未消。
春悄悄，夜迢迢。碧雲天共楚宮遙。夢魂慣得無拘檢，又踏楊花過謝橋。

玉簫—指在筵席上侑酒的歌女。

銀燈—夜晚時十分明亮的燈火。

誰能恨—指沒有人會有遺憾。

楚宮—楚王之宮，代指玉簫的居處，亦暗示女主人公「巫山神女」的身分。

謝橋—謝娘家的橋。唐代有名妓謝秋娘，詞中以謝橋指女子所居之地。

鷓鴣天

晏幾道

彩袖殷勤捧玉鍾，當年拚卻醉顏紅。
舞低楊柳樓心月，歌盡桃花扇底風。
從別後，憶相逢，幾回魂夢與君同。
今宵剩把銀釭照，猶恐相逢是夢中。

彩袖—代指穿彩衣的歌女。

玉鍾—是酒杯的美稱。

拚卻—甘願，不顧惜。卻，語氣助詞。

「舞低」二句—歌女舞姿曼妙，直舞到掛在楊柳樹梢照到樓心的一輪明月低沉下去；歌女清歌婉轉，直唱到扇底兒風消歇，才累了停下來。極言歌舞時間之久。桃花扇，歌舞時用作道具的扇子，繪有桃花。

同—聚在一起。

剩把—只管。把，持、握。

銀釭—銀質的燈臺，代指燈。

生查子

晏幾道

金鞭美少年，去躍青驄馬。
牽繫玉樓人，繡被春寒夜。
消息未歸來，寒食梨花謝。
無處說相思，背面鞦韆下。

金鞭—用黃金做的馬鞭。喻騎者之富貴。
青驄馬—青白色相雜的駿馬。
牽繫—牽掛，掛念。
玉樓人—指閨中女子。
消息—指離人的音信。
寒食—民間節日，在清明前一日或二日。
背面鞦韆下—化用李商隱詩〈無題二首〉其一「十五泣春風，背面鞦韆下。」

玉樓春

晏幾道

東風又作無情計，豔粉嬌紅吹滿地。
碧樓簾影不遮愁，還似去年今日意。
誰知錯管春殘事，到處登臨曾費淚。
此時金盞直須深，看盡落花能幾醉！

又—表示不只今年如此，遠射下面「去年」，寫出東風的無情。

豔粉嬌紅—指嬌豔的花。

金盞—金製的酒器，泛指精美的酒杯。

直須—只管，儘管。

更漏子

晏幾道

柳絲長，桃葉小。深院斷無人到。紅日淡，綠煙輕，流鶯三兩聲。

雪香濃，檀暈少。枕上臥枝花好。春思重，曉妝遲，尋思殘夢時。

「柳絲長」三句—描繪柳絲長長、桃葉細嫩、深院空寂的景色，烘托春日寂靜的氣氛。

紅日淡—空中水氣瀰漫，故太陽淡而無光。淡，寫出春天初陽的特色。

綠煙—指草木間的煙靄。

「雪香濃」二句—閨中人雪白的肌膚透出了濃香，臉上淺紅色的嬌暈也消褪了。雪，喻女子瑩白的肌膚。檀暈，淺紅色的妝暈。

「曉妝」句—意與溫庭筠〈菩薩蠻〉「懶起畫蛾眉，弄妝梳洗遲」相近。

虞美人

晏幾道

曲闌干外天如水，昨夜還曾倚。初將明月比佳期，長向月圓時候望人歸。

羅衣著破前香在，舊意誰教改？一春離恨懶調弦，猶有兩行閒淚寶箏前。

天如水——天空明澈如水。

初——剛分別時。

長——同「常」。

著破——著，穿破。

前香在——香氣猶存。

舊意誰教改——意謂舊時情意誰能讓改。

閒淚——閒愁之淚。

思遠人

晏幾道

紅葉黃花秋意晚，千里念行客。

飛雲過盡，歸鴻無信，何處寄書得？

淚彈不盡當窗滴，就硯旋研墨。

漸寫到別來，此情深處，紅箋為無色。

紅葉—楓葉。

黃花—菊花。

千里念行客—思念千里之外的行客。

就硯旋研墨—眼淚滴到硯中，就用它來研墨。

別來—別後。

紅箋—女子寫情書的信紙，是紅色的。紅箋為無色，指紅箋因沾淚而褪色為無色。

水龍吟 ◎次韻章質夫楊花詞

蘇軾

似花還似非花，也無人惜從教墜。
拋家傍路，思量卻是，無情有思。
縈損柔腸，困酣嬌眼，欲開還閉。
夢隨風萬里，尋郎去處，
又還被、鶯呼起。
不恨此花飛盡，恨西園、落紅難綴。
曉來雨過，遺蹤何在，一池萍碎。

章質夫－浦城人。東坡此詞即和其韻做，時在汴京任翰林學士。

從教－任憑。

拋家傍路－指楊花離開枝頭，墜落到路旁。

無情有思－楊花看似無情，實際上自有愁思。思，心緒，情思。

縈－縈繞、牽念。

柔腸－柳枝細長柔軟，故以柔腸為喻。

困酣－睏倦之極。

嬌眼－美人嬌媚的眼睛，比喻柳葉。古人詩賦中常稱初生的柳葉為柳眼。

被鶯呼起－唐金昌緒詩：「打起黃鶯兒，莫教枝上啼，啼時驚妾夢，不得到遼西」。

春色三分，二分塵土，一分流水。

細看來，不是楊花，點點是離人淚。

萍碎—東坡原注：「楊花落水為浮萍，驗之信然」，其實只是無稽之談。

春色—代指楊花。

西江月

蘇軾

◎頃在黃州，春夜行蘄水中，過酒家飲。酒醉，乘月至一溪橋上，解鞍，曲肱醉臥少休。及覺已曉，亂山攢擁，流水鏘然，疑非塵世也。書此語橋柱上。

照野彌彌淺浪，橫空隱隱層霄。
障泥未解玉驄驕，我欲醉眠芳草。
可惜一溪風月，莫教踏碎瓊瑤。
解鞍攲枕綠楊橋，杜宇一聲春曉。

彌彌淺浪—水滿而流動的樣子。形容春水上漲、溪流汩汩的景象。

層霄—即層雲。

障泥—用錦或布製作的馬韉，墊在馬鞍之下，一直垂到馬腹兩邊，以遮塵土。

玉驄—毛色青白的駿馬，代指坐騎。

我欲醉眠—出自蕭統的《陶淵明傳》。陶淵明醉時曾對客說：「我醉欲眠，卿可去。」一派豪放率真之情。

可惜—可愛的意思。

瓊瑤—即美玉，此處喻皎潔的水上月色。

西江月

蘇軾

三過平山堂下，半生彈指聲中。
十年不見老仙翁，壁上龍蛇飛動。
欲弔文章太守，仍歌楊柳春風。
休言萬事轉頭空，未轉頭時皆夢。

平山堂—在揚州大明寺側，歐陽修所建。

彈指—佛教名詞，比喻時間短暫。《翻譯名義集》卷五《時分》：「時極短者謂剎那也」，「壯士一彈指頃六十五剎那」，又云「二十念為一瞬，二十瞬為一彈指。」

老仙翁—指歐陽修。蘇軾於熙寧四年於揚州謁見歐陽修，至此為九年，十年蓋舉成數。

壁上龍蛇飛動—指歐陽修在平山堂壁留題之墨跡。

文章太守、**楊柳春風**—以歐陽修〈朝中措〉所本。

卜算子

蘇軾

缺月掛疏桐，漏斷人初靜。
誰見幽人獨往來，縹緲孤鴻影。
驚起卻回頭，有恨無人省。
揀盡寒枝不肯棲，寂寞沙洲冷。

缺月—指初弦月或殘月。
漏斷—漏壺將滴盡時，言夜深快要天亮了。漏壺，古代計時的工具。
幽人—隱居的人。
縹緲—若隱若現的樣子。
揀盡寒枝不肯棲—大雁本不能棲息於樹枝，作者卻說成不肯棲樹，以示大雁的高潔。

江城子

蘇軾

十年生死兩茫茫，不思量，自難忘。
千里孤墳，無處話淒涼。
縱使相逢應不識，塵滿面，鬢如霜。

夜來幽夢忽還鄉，小軒窗，正梳妝。
相顧無言，惟有淚千行。
料得年年腸斷處，明月夜，短松岡。

「十年」句－蘇軾寫此詞時，距妻子王弗過世已有十年。

思量－想念。

千里孤墳－蘇軾宦遊密州，王弗葬在故鄉四川彭山，兩地相隔遙遠。

小軒窗－廊房的小窗前。

短松岡－長有小松樹的山岡。此指亡妻的墳地。

江城子

蘇軾

鳳凰山下雨初晴，水風清，晚霞明。
一朵芙蕖，開過尚盈盈。
何處飛來雙白鷺，如有意，慕娉婷。
忽聞江上弄哀箏，苦含情，遣誰聽！
煙斂雲收，依約是湘靈。
欲待曲終尋問取，人不見，數峰青。

鳳凰山—在杭州市南。

芙蕖—荷花。

盈盈—輕盈美麗的樣子，此處用來映襯彈箏姑娘的姿態。

白鷺—鷺的一種，又稱鷺鷥。此處暗指愛慕彈箏人的男子。

娉婷—形容女子美好的姿態。白居易〈昭君怨〉：「明妃風貌最娉婷。」

弄—彈奏。

箏—古代彈撥樂器，因最初流行秦地，又稱秦箏。

遣—使，教。

煙斂雲收—仙人在天上駕雲而行，所到之處煙雲繚繞。煙斂雲收，是指仙人收起雲霧，下凡到人間，此處是把彈箏女子比作下凡的仙人。

湘靈—湘水女神。傳說帝堯的女兒娥皇、女英嫁給舜帝為妃，二人隨舜南巡，死於沅湘之間，成為湘水女神。

「曲終」句—化用唐詩人錢起〈湘靈鼓瑟詩〉：「曲終人不見，江上數峰青。」

賀新郎

蘇軾

乳燕飛華屋，悄無人、桐陰轉午，晚涼新浴。手弄生綃白團扇，扇手一時似玉。漸困倚、孤眠清熟。簾外誰來推繡戶？枉教人夢斷瑤臺曲。又卻是，風敲竹。

石榴半吐紅巾蹙，待浮花浪蕊都盡，伴君幽獨。穠豔一枝細看取，芳心千

乳燕—雛燕兒。

生綃—未漂煮過的生織物，即絲絹。

扇手—佳人拿著白團扇的纖纖素手。

一時—一併、一齊。

清熟—謂睡眠安穩沉酣。

枉—空，白白地。

瑤臺—玉石砌成的樓臺，此指夢中仙境。

曲—幽深的地方。

風敲竹—唐李益〈竹窗聞風寄苗發司空曙〉：「開門復動竹，疑是故人來。」

紅巾蹙—形容石榴花半開時如紅

重似束。又恐被、西風驚綠。若待得君來向此，花前對酒不忍觸。共粉淚、兩簌簌。

巾皺縮。

浮花浪蕊—指輕浮鬥豔而早謝的桃、李、杏花等。

幽獨—默然獨守。

「芳心」句—形容榴花重瓣，也指佳人心事重重。

西風驚綠—指秋風乍起使榴花凋謝，只剩綠葉。

兩簌簌—形容花瓣與眼淚同落。簌簌，紛紛落下的樣子。

蝶戀花 ◎春景

蘇軾

花褪殘紅青杏小，
燕子飛時，綠水人家繞。
枝上柳綿吹又少，
天涯何處無芳草。

牆裡鞦韆牆外道，
牆外行人，牆裡佳人笑。
笑漸不聞聲漸悄，
多情卻被無情惱。

殘紅—落花。

綠水—清澈、澄淨的水。

柳綿—柳絮。

天涯何處無芳草—原指各處皆有賞心悅目的花草，後用以比喻不必過分眷戀某些人或事物。芳草，香草，比喻女子。

多情—指牆外行人，也就是作者。

無情—指牆裡佳人。

阮郎歸 ◎初夏

蘇軾

綠槐高柳咽新蟬，薰風初入弦。
碧紗窗下水沉煙，棋聲驚晝眠。
微雨過，小荷翻，榴花開欲燃。
玉盆纖手弄清泉，瓊珠碎卻圓。

咽—阻塞，意思是停止。

薰風—即和暖的南風。

入弦—拂動琴弦。

水沉—即沉香，又叫「沉水香」。本句是說碧紗窗下，香爐中升騰著沉香的裊裊輕煙。

玉盆—指荷葉。

瓊珠—指荷葉上的水珠。

浣溪沙

蘇軾

萬頃風濤不記蘇，雪晴江上麥千車。
但令人飽我愁無。
翠袖倚風縈柳絮，絳脣得酒爛櫻珠。
尊前呵手鑷霜須。

蘇—指蘇州。一説作「甦醒」解。寫詞人酒醉之後依稀聽見風聲大作，記不清何時甦醒過來，待到天明，已是一片銀妝世界。

麥千車—詞人從雪兆豐年聯想到麥千車的豐收景象。

鑷—拔除。

霜須—白鬍子。

浣溪沙

蘇軾

◎元豐七年十二月二十四日，從泗州劉倩叔遊南山

細雨斜風作曉寒，淡煙疏柳媚晴灘，
入淮清洛漸漫漫。
雪沫乳花浮午盞，蓼茸蒿筍試春盤，
人間有味是清歡。

清洛—即「洛澗」，發源於合肥，北流至懷遠合於淮水，非目力能及。

雪沫乳花—狀煎茶時上浮的白泡。

蓼茸蒿筍—即蓼芽與蒿莖，這是立春的應時節物。

浣溪沙

蘇軾

軟草平莎過雨新，輕沙走馬路無塵。
何時收拾耦耕身？
日暖桑麻光似潑，風來蒿艾氣如薰。
使君元是此中人。

莎—莎草，多年生草木，長於原野沙地。
耦耕—兩人各持一耜並肩而耕。典出《論語・微子》：「長沮、桀溺耦而耕。」長沮、桀溺是春秋末年的兩位隱者，因見世道衰微，遂隱居不仕。
潑—潑水。形容雨後的桑麻，在日照下光澤明亮，猶如水潑其上。
蒿艾—兩種草名。
薰—香草名。
使君—意指太守、知州。此為蘇軾自稱。
元是—原是。我原是農夫中的一員。

西江月

蘇軾

玉骨那愁瘴霧，冰肌自有仙風。
海仙時遣探芳叢，倒掛綠毛么鳳。
素面常嫌粉涴，洗妝不褪唇紅。
高情已逐曉雲空，不與梨花同夢。

瘴霧—南方山林裡的溼熱之氣。

倒掛綠毛—形狀像鸚鵡卻比鸚鵡小的珍禽。

么鳳—也叫桐花鳳。

涴—沾汙。

唇紅—喻紅色的梅花。

「高情」二句—寫朝雲之死，什麼也沒給蘇軾留下，令他倍覺淒涼。

「不與」句—蘇軾自注「詩人王昌齡，夢中作梅花詩。」

少年遊

蘇軾

去年相送，餘杭門外，飛雪似楊花。
今年春盡，楊花似雪，猶不見還家。
對酒捲簾邀明月，風露透窗紗。
恰似姮娥憐雙燕，分明照、畫梁斜。

去年、今年—分述離開杭州、滯留潤州，在對照中表達思家之情。這裡的「家」指作者仕宦之地杭州，並非實指其故鄉四川眉山。

餘杭門—宋朝時，杭州城北的三座城門之一。

臨江仙

蘇軾

夜飲東坡醒復醉，歸來彷彿三更。
家童鼻息已雷鳴。
敲門都不應，倚杖聽江聲。

長恨此身非我有，何時忘卻營營？
夜闌風靜縠紋平。
小舟從此逝，江海寄餘生。

東坡－蘇軾因烏臺詩案被貶黃州，住在城南長江邊的臨皋亭。後在附近開荒種地，名之曰「東坡」，自號「東坡居士」，還在那裡修築「雪堂」。

家童－家中的年輕男僕。

鼻息－鼻中呼吸的氣息。

忘卻－這裡指擺脫。

營營－奔競追求。

夜闌－夜深。

縠紋－縐紗似的細紋，用以比喻很細的水波。

寄－暫時的託身。

餘生－暮年、後半生。

鷓鴣天

蘇軾

林斷山明竹隱牆，亂蟬衰草小池塘。
翻空白鳥時時見，照水紅蕖細細香。
村舍外，古城旁，杖藜徐步轉斜陽。
殷勤昨夜三更雨，又得浮生一日涼。

林斷山明—樹林斷絕處，山峰顯現出來。

翻空—飛翔在空中。

紅蕖—荷花。

古城—當指黃州古城。

杖藜—拄著藜杖。藜，一種草本植物，這裡指藜木枴杖。

殷勤—勞駕，有勞。

浮生—意為世事不定，人生短促。李涉〈題鶴林寺僧舍〉：「偶經竹院逢僧話，又得浮生半日閒。」

定風波

◎南海歸贈王定國侍人寓娘

蘇軾

◎王定國歌兒曰柔奴，姓宇文氏，眉目娟麗，善應對。家世住京師，定國南遷歸，余問柔奴：「廣南風土應是不好？」柔對曰：「此心安處，便是吾鄉。」因為綴詞云。

常羨人間琢玉郎，天教分付點酥娘。
盡道清歌傳皓齒，
風起，雪飛炎海變清涼。

萬里歸來年愈少，微笑，笑時猶帶嶺梅香。試問嶺南應不好？
卻道，此心安處是吾鄉。

王定國—王鞏，作者的友人。

寓娘—王鞏的歌妓。

琢玉郎—是女子對丈夫或情人的愛稱，泛指善於相思的多情男子。

點酥娘—謂膚如凝脂般光潔細膩的美女。

皓齒—雪白的牙齒。

炎海—喻酷熱。

嶺—指大庾嶺，溝通嶺南嶺北咽喉要道。

試問—試探性地問。

此心安處是吾鄉—這個讓心安定的地方，便是我的故鄉。

南鄉子

霜降水痕收，淺碧鱗鱗露遠洲。
酒力漸消風力軟，
颼颼，破帽多情卻戀頭。
佳節若為酬，但把清尊斷送秋。
萬事到頭都是夢，
休休！明日黃花蝶也愁。

蘇軾

水痕收—指水位降低。江上水淺，是深秋霜降季節現象。
淺碧—水淺而綠。
鱗鱗—形容水泛微波，似魚鱗狀。
「破帽」句—《晉書．孟嘉傳》載孟嘉於九月九日登龍山時帽子為風吹落而不覺，後成重陽登高典故。此詞翻用其事。
若為酬—怎樣應付過去。
尊—同「樽」，酒杯。
斷送—打發走之意。
休休—不要，此處意思是不要再提往事。
「明日」句—唐鄭谷〈十日菊詞〉：「節去蜂蝶不知，曉庭還繞折空枝。」此詞更進一層，謂重陽節後菊花凋萎，蜂蝶均愁。

采桑子

多情多感仍多病，多景樓中。
樽酒相逢，樂事回頭一笑空。
停杯且聽琵琶語，細撚輕攏。
醉臉春融，斜照江天一抹紅。

蘇軾

多景樓—北固山後峰甘露寺內，下臨長江，三面環水，登樓四望，美景盡收眼底，曾被贊為天下江山第一樓。

樽酒—舉杯飲酒。「樽」同「尊」。

琵琶語—指歌妓所彈琵琶能傳達感情如言語。

細撚輕攏—演奏琵琶指法。撚指揉弦，攏指按弦。語本白居易〈琵琶行〉。

醉臉春融—醉後臉上泛起的紅潤，好像有融融春意。

斜照—將要落山的太陽照著。

洞仙歌

蘇軾

◎余七歲時，見眉山老尼，姓朱，忘其名，年九十歲，自言嘗隨其師入蜀主孟昶宮中。一日，大熱，蜀主與花蕊夫人夜納涼摩訶池上，作一詞，朱具能記之。今四十年，朱已死久矣，人無知此詞者。但記其首兩句，暇日尋味，豈洞仙歌令乎？乃為足之云。

冰肌玉骨，自清涼無汗。
水殿風來暗香滿。
繡簾開，一點明月窺人，
人未寢，敧枕釵橫鬢亂。

孟昶—五代時後蜀後主。他的生活奢侈，喜愛文學，工聲曲。後兵敗降宋。

花蕊夫人—陶宗儀《輟耕錄》：「蜀主孟昶納徐匡璋女，拜貴妃，別號花蕊夫人。意花不足擬其色，似花蕊之翾輕也。或以為姓費氏，則誤矣。」

冰肌—肌膚潔白如雪。《莊子·逍遙遊》：「有神人焉，肌膚若冰雪，綽約若處子。」

水殿—建在摩訶池上的宮殿。

敧—斜靠。

起來攜素手，庭戶無聲，
時見疏星渡河漢。
試問夜如何？夜已三更。
金波淡，玉繩低轉。
但屈指西風幾時來？
又不道流年暗中偷換。

素手—美人白嫩的手。

河漢—銀河。

金波—指月光。

玉繩—星名，位於北斗星附近。秋夜半，玉繩漸自西北轉，冉冉而降，時為夜深或近曉也。

不道—不覺。

流年—流逝之歲月。

蝶戀花

蘇軾

燈火錢塘三五夜，
明月如霜，照見人如畫。
帳底吹笙香吐麝，更無一點塵隨馬。

寂寞山城人老也！
擊鼓吹簫，卻入農桑社。
火冷燈稀霜露下，昏昏雪意雲垂野。

錢塘—此處代指杭州城。

三五夜—即每月十五日夜，此處指元宵節。

「照見」句—形容杭州城元宵節的繁華、熱鬧景象。

帳—此處指富貴人家元宵節時在堂前懸掛的幃帳。

香吐麝—意謂富貴人家的帳底吹出一陣陣的麝香氣。麝，即麝香，名貴的香料。

「更無」句—說的是江南氣清土潤，行馬無塵。唐人蘇味道〈上元〉詩：「暗塵隨馬去，明月逐人來。」

山城—此處指密州。

「擊鼓」二句—形容密州的元宵節遠沒有杭州的元宵節熱鬧，只有在農家社稷時才有鼓簫樂曲。社，農村節日祭祀活動。

「昏昏」句—意謂密州的元宵節十分清冷，不僅沒有笙簫，連燈火也沒有，只有雲意垂曠野。垂，靠近。

行香子

蘇軾

攜手江村，梅雪飄裙。情何限、處處消魂。故人不見，舊曲重聞。向望湖樓，孤山寺，涌金門。

尋常行處，題詩千首，繡羅衫、與拂紅塵。別來相憶，知是何人。有湖中月，江邊柳，隴頭雲。

梅雪飄裙—梅花飄雪，灑落在同行歌妓的衣裙上。

何限—猶「無限」。

故人—指陳述古。

望湖樓—又名看經樓，在杭州。

孤山寺—寺院名。

涌金門—杭州城之正西門。

拂紅塵—用衣袖拂去上面的塵土。宋代吳處厚《青箱雜記》說，魏野曾和寇準同遊寺廟，各有題詩。數年後兩人故地重遊，只見寇準的題詩被人用碧紗籠護，而魏野的題詩沒有，詩上落滿了灰塵。同行的官妓很聰明，上前用衣袖拂去塵土。魏野說：「若得常將紅袖拂，也應勝似碧紗籠。」此處以狂放的處士魏野自比，以陳襄比寇準。

點絳唇

蘇軾

紅杏飄香，柳含煙翠拖輕縷。水邊朱戶。盡卷黃昏雨。
燭影搖風，一枕傷春緒。
歸不去，鳳樓何處，芳草迷歸路。

煙翠—青濛濛的雲霧。
縷—線。形容一條條下垂的柳枝。
朱戶—紅色的門窗，多指女子居住的房屋。
燭影搖風—燈燭之光映出的人、物的影子，被風搖晃的樣子。
傷春緒—因春天將要歸去而引起憂傷、苦悶的情懷。
鳳樓—指女子居住的小樓。
芳草—散發出香氣的草。也指春天剛出土的青草。

永遇樂

蘇軾

明月如霜，好風如水，清景無限。
曲港跳魚，圓荷瀉露，寂寞無人見。
紞如三鼓，鏗然一葉，
黯黯夢雲驚斷。
夜茫茫、重尋無處，覺來小園行遍。
天涯倦客，山中歸路，
望斷故園心眼。

「明月」二句—月色明亮，皎潔如霜；秋風和暢，清涼如水。

紞如—擊鼓聲。

鏗然—清越的音響。

黯黯—昏暗的樣子。

驚斷—驚醒。

茫茫—描寫景色無邊，和夢醒後的茫然之情。

心眼—心願。

燕子樓空，佳人何在，空鎖樓中燕。
古今如夢，何曾夢覺，
但有舊歡新怨。
異時對、黃樓夜景，為余浩嘆。

燕子樓—原為唐朝貞元年間，武寧節度使張愔為其愛妾、著名女詩人關盼盼所建的一座小樓。張逝世後，關矢志不嫁，張仲素和白居易為之題詠，遂使此樓名垂千古。

夢覺—夢醒。

黃樓—徐州東門上的大樓，蘇軾任徐州知州時建造。

減字木蘭花

蘇軾

春牛春杖，無限春風來海上。
便丐春工，染得桃紅似肉紅。
春幡春勝，一陣春風吹酒醒。
不似天涯，捲起楊花似雪花。

春牛—即土牛。古時農曆十二月出土牛以送寒氣，第二年立春再造土牛，象徵春耕開始。

春杖—耕夫持犁杖而立，杖即執，鞭打土牛。也有打春一稱。

丐—乞求。

春工—春風吹暖大地，使生物復甦，人們將春天比喻為農作物催生助長的農工。

肉紅—狀寫桃花鮮紅如血肉。

春幡—春旗。立春日農家戶戶掛春旗，標示春的到來。也有剪成小彩旗插在頭上，或樹枝上。

春勝—一種剪成圖案或文字的剪紙，也稱剪勝，以示迎春。

天涯—多指天邊。此處指作者被貶謫的海南島。

楊花—即柳絮。

菩薩蠻

蘇軾

柳庭風靜人眠晝，晝眠人靜風庭柳。
香汗薄衫涼，涼衫薄汗香。
手紅冰碗藕，藕碗冰紅手。
郎笑藕絲長，長絲藕笑郎。

「柳庭」句—院無風，柳絲垂，閨人晝寢。

晝眠—午休。

「香汗」句—微風吹，汗味透香氣，薄衫生涼意。

涼衫—薄質便服。

手紅冰碗藕—紅潤的手端起了盛有冰塊拌藕絲的小碗。

藕碗冰紅手—盛有冰塊拌藕絲的小碗冰冷了她紅潤的手。古人常有在冬天鑿冰藏於地窖的習慣，待盛夏之時取之消暑。

藕絲長—象徵著人的情意長久。在古典詩詞中，常用「藕」諧「偶」，以「絲」諧「思」。

長絲藕笑郎—閨人一邊吃長絲藕，一邊嘲笑她的情郎，擔心他薄情寡意不如藕絲長。

卜算子

李之儀

我住長江頭，君住長江尾。
日日思君不見君，共飲長江水。
此水幾時休？此恨何時已？
只願君心似我心，定不負相思意。

長江頭—指長江的上游。

幾時休—浩蕩江水不知何時才能枯竭。

何時已—離愁別恨不知何時才能完結。

滿庭芳

秦觀

山抹微雲，天連衰草，畫角聲斷譙門。
暫停征棹，聊共引離尊。
多少蓬萊舊事，空回首、煙靄紛紛。
斜陽外，寒鴉萬點，流水繞孤村。
銷魂，當此際，香囊暗解，羅帶輕分。
謾贏得青樓，薄倖名存。

山抹微雲—指薄雲橫繞山腰，像是塗抹上去一樣。

天連衰草—指遠處的枯草緊連著天際。

畫角—繪有彩色的軍中號角。

譙門—城門。

棹—船槳。

引—持、舉。

尊—酒器。

蓬萊舊事—男女愛情的往事。

「寒鴉」二句—化用隋煬帝詩句「寒鴉千萬點，流水繞孤村。」

銷魂—形容因悲傷或快樂到極點而心神恍惚不知所以的樣子。

香囊—裝香物的小袋，古人佩在

此去何時見也！襟袖上，空惹啼痕。

傷情處，高城望斷，燈火已黃昏。

身上的一種裝飾物。

輕—輕易。

謾—徒然。

青樓—妓館。

薄倖—薄情。

望斷—從遠望的視線中消逝。

鵲橋仙

秦觀

纖雲弄巧，飛星傳恨，銀漢迢迢暗度。
金風玉露一相逢，便勝卻、人間無數。
柔情似水，佳期如夢，忍顧鵲橋歸路。
兩情若是久長時，又豈在、朝朝暮暮。

纖雲—輕盈的雲彩。

弄巧—指雲彩在空中幻化成各種巧妙的花樣。

飛星—流星。一說指牽牛、織女二星。

銀漢—銀河。

迢迢—遙遠的樣子。

暗度—悄悄渡過。

金風玉露—指秋風白露。李商隱〈辛未七夕〉：「由來碧落銀河畔，可要金風玉露時。」

忍顧—怎忍回視。

朝朝暮暮—指朝夕相聚。語出宋玉〈高唐賦〉。

踏莎行

秦觀

霧失樓臺，月迷津渡，
桃源望斷無尋處。
可堪孤館閉春寒，杜鵑聲裡斜陽暮。
驛寄梅花，魚傳尺素，
砌成此恨無重數。
郴江幸自繞郴山，為誰流下瀟湘去？

「霧失樓臺」二句—樓臺像消失在茫茫大霧中，渡口被朦朧的月色所掩隱。

「桃源」句—長時眺望，也沒能找到桃源樂土的入口。

孤館—孤獨的驛館，此處指郴州館舍。

驛寄梅花—出自北魏陸凱〈贈范曄〉詩：「折梅逢驛使，寄與隴頭人。江南無所有，聊贈一枝春。」

魚傳尺素—古樂府〈飲馬長城窟行〉：「客從遠方來，遺我雙鯉魚。呼兒烹鯉魚，中有尺素書。」

幸自—本自。

江城子

秦觀

西城楊柳弄春柔，動離憂，淚難收。
猶記多情曾為繫歸舟。
碧野朱橋當日事，人不見，水空流。
韶華不為少年留。恨悠悠，幾時休？
飛絮落花時候一登樓。
便做春江都是淚，流不盡，許多愁。

弄春—謂在春日弄姿。

離憂—離別的憂思。

多情—指鍾情的人。

歸舟—返航的船。

韶華—美好的時光。常指春光。

飛絮—飄飛的柳絮。北周庾信〈楊柳歌〉：「獨憶飛絮鵝毛下，非復青絲馬尾垂。」

春江—春天的江。唐張若虛〈春江花月夜〉詩：「灩灩隨波千萬里，何處春江無月明。」

浣溪沙

秦觀

漠漠輕寒上小樓，曉陰無賴似窮秋，
淡煙流水畫屏幽。
自在飛花輕似夢，無邊絲雨細如愁，
寶簾閒挂小銀鉤。

漠漠—安靜無聲。
曉—早晨。
陰—陰沉。
無賴—無奈。
窮秋—深秋，晚秋。指農曆九月。
畫屏—畫有彩色圖案的屏風。
寶簾—珠簾。
挂—掛。

如夢令

秦觀

遙夜沉沉如水，風緊驛亭深閉。
夢破鼠窺燈，霜送曉寒侵被。
無寐，無寐，門外馬嘶人起。

遙夜——長夜。

驛亭——古時候設在官道旁，方便傳遞公文的使者和來往官員中途休息換馬的館舍。

夢破——睡夢被驚醒。

鼠窺燈——謂饑鼠想偷吃燈盞裡的豆油。窺，在隱僻處偷看。辛棄疾〈清平樂・獨宿博山王氏庵〉詞：「繞床饑鼠，蝙蝠翻燈舞。」情景相似。

侵被——透進被窩。

無寐——睡不著。

馬嘶——馬叫。

好事近

秦觀

春路雨添花，花動一山春色。
行到小溪深處，有黃鸝千百。
飛雲當面化龍蛇，夭矯轉空碧。
醉臥古藤陰下，了不知南北。

黃鸝—鳥名，鳴聲婉轉。亦稱黃鶯、黃鳥。

龍蛇—似龍若蛇，形容快速移行的雲彩。

夭矯—屈伸自如的樣子。

空碧—碧空，為了押韻而採取的倒裝句法。

了—完全，全然。

畫堂春

秦觀

東風吹柳日初長，雨餘芳草斜陽。
杏花零落燕泥香，睡損紅妝。
寶篆煙銷龍鳳，畫屏雲鎖瀟湘。
夜寒微透薄羅裳，無限思量。

日初長—白晝開始長了。

雨餘—雨後。

睡損—睡壞。

紅妝—指婦女的盛妝，以色尚紅，故稱紅妝。

寶篆—盤成篆字形狀的香。古代盤香，有做成龍鳳形的，點燃後，煙篆四散，龍鳳形也逐漸消失。

瀟湘—湖南瀟水、湘水一帶的風景。

蝶戀花

趙令畤

欲減羅衣寒未去，
不捲珠簾，人在深深處。
紅杏枝頭花幾許，啼痕止恨清明雨。

盡日沉煙香一縷，
宿酒醒遲，惱破春情緒。
飛燕又將歸信誤，小屏風上西江路。

「啼痕」句—意謂因惜花而恨雨流淚。

宿酒—隔夜之酒，指餘醉。

「飛燕」句—古有飛燕傳書之說，意謂燕子來時又一次沒有帶回遠人歸來的消息。

西江路—指通往遠人所在地的道路。西江，泛指西來之水。

鷓鴣天

賀鑄

重過閶門萬事非，同來何事不同歸？
梧桐半死清霜後，頭白鴛鴦失伴飛。
原上草，露初晞，舊棲新壟兩依依。
空床臥聽南窗雨，誰復挑燈夜補衣？

閶門—蘇州城西門，此處指蘇州。

「同來」句—夫妻一同來到蘇州，為何卻不能一起返鄉？

梧桐半死—此處作者自喻喪偶。

「頭白」句—比喻老來喪偶。

露初晞—草上露水易乾，比喻生命短促。

舊棲新壟—指詞人夫婦昔日共居的寓所和夫人趙氏的新墳。

橫塘路

賀鑄

凌波不過橫塘路。但目送、芳塵去。
錦瑟華年誰與度？
月臺花榭，瑣窗朱戶，只有春知處。
飛雲冉冉蘅皋暮，彩筆新題斷腸句。
試問閒愁都幾許？
一川煙草，滿城風絮，梅子黃時雨。

凌波—形容女子步態輕盈。三國魏曹植〈洛神賦〉：「凌波微步，羅襪生塵。」
芳塵去—指美人已去。
錦瑟華年—指美好的青春時期。
月臺—賞月的平台。
花榭—花木環繞的房子。
瑣窗—雕繪花紋的窗子。
朱戶—朱紅的大門。
飛—一作「碧」。
冉冉—指雲彩緩緩流動。
蘅皋—長著香草的沼澤中的高地。
彩筆—比喻有寫作的才華。
「斷腸」句—傷感的詩句。
試問—一說「若問」。

閒愁—一説「閒情」。

都幾許—總計為多少。

一川—遍地，一片。

梅子黃時雨—江南一帶初夏梅熟時多連綿之雨，俗稱「梅雨」。

憶仙姿

賀鑄

蓮葉初生南浦，兩岸綠楊飛絮。
向晚鯉魚風，斷送彩帆何處。
凝佇，凝佇，樓外一江煙雨。

南浦－南面的水邊。後常用以借稱送別之地。
鯉魚風－指春夏之交的風。
斷送－推送。
凝佇－凝神佇立。

南歌子

賀鑄

疏雨池塘見，微風襟袖知。陰陰夏木囀黃鸝。何處飛來白鷺立移時。

易醉扶頭酒，難逢敵手棋。日長偏與睡相宜。睡起芭蕉葉上自題詩。

「疏雨」二句—杜牧〈秋思〉詩：「微雨池塘見，好風襟袖知。」

「陰陰」句—王維〈積雨輞川莊作〉詩：「漠漠水田飛白鷺，陰陰夏木囀黃鸝。」

「何處」句—蘇軾〈江城子・湖上與張先同賦〉詞：「何處飛來雙白鷺？如有意，慕娉婷。」

扶頭酒—一種使人易醉的烈酒。謂飲此酒後，頭亦須扶。

「日長」句—蘇軾〈和子由送將官梁左藏仲通〉詩：「日長惟有睡相宜。」

「睡起」句—韋應物〈閒居寄諸弟〉詩：「盡日高齋無一事，芭蕉葉上坐題詩。」

愁風月

風清月正圓，信是佳時節。
不會長年來，處處愁風月。
心將熏麝焦，吟伴寒蟲切。
欲遽就床眠，解帶翻成結。

賀鑄

信是—應是。

熏麝—熏爐中的香料。

心將熏麝焦—是說自己的心和熏爐中的香料一樣燃焦了。

寒蟲—蟋蟀。

遽—速。

「解帶」句—越想快點解開衣帶，反而打成了一個死結。

西江月

賀鑄

攜手看花深徑，扶肩待月斜廊。
臨分少佇已倀倀，此段不堪回想。
欲寄書如天遠，難銷夜似年長。
小窗風雨碎人腸，更在孤舟枕上。

攜手—手挽手，形容很親密的樣子。

深徑—花叢深處的小路。

扶肩—肩並肩。

臨分少佇—臨別時少作佇立，表示不忍分離的情態。佇，久立而等待。

倀倀—迷茫不知所措貌。

此段—近來。《宋書・謝莊傳》：「此段不堪見賓，已數十日。」

難銷—即難消，難以經得住。

眼兒媚

賀鑄

蕭蕭江上荻花秋，做弄許多愁。
半竿落日，兩行新雁，一葉扁舟。
惜分長怕君先去，直待醉時休。
今宵眼底，明朝心上，後日眉頭。

荻花—蘆葦花。
做弄—醞釀。
半竿落日—太陽下落，距西山半竿之高，言時間將晚。

南歌子

仲殊

十里青山遠，潮平路帶沙。
數聲啼鳥怨年華，
又是淒涼時候在天涯。

白露收殘月，清風散曉霞。
綠楊堤畔問荷花：
記得年時沽酒、那人家？

潮平—指潮落。
怨年華—為虛度歲月而愁悵。
淒涼時候—指天各一方的分離時日。
白露—秋天的露水。
年時—又一年的此時。
家—句末語氣詞，加強語氣。

柳梢青 ◎吳中

仲殊

岸草平沙，吳王故苑，柳裊煙斜。
雨後寒輕，風前香軟，春在梨花。
行人一棹天涯。酒醒處，殘陽亂鴉。
門外鞦韆，牆頭紅粉，深院誰家？

吳王故苑－春秋時吳王夫差遊玩打獵的園林。

風前香軟－春暖花開，香氣飄逸。

一棹天涯－一葉輕舟在江上飄搖。棹，划船工具，此處代指船。

少年遊

周邦彥

朝雲漠漠散輕絲，樓閣淡春姿。
柳泣花啼，九街泥重，門外燕飛遲。
而今麗日明金屋，春色在桃枝。
不似當時，小樓衝雨，幽恨兩人知。

漠漠—迷濛廣遠的樣子。
輕絲—細雨。
九街泥重—街巷泥濘不堪。九街，九陌、九衢，指京師街巷。
燕飛遲—燕子羽翼被雨水打溼，飛行艱難。
衝雨—冒雨。
幽恨—藏在心底的憂愁。

少年遊

周邦彥

并刀如水，吳鹽勝雪，纖手破新橙。
錦幄初溫，獸煙不斷，相對坐調笙。
低聲問：向誰行宿？城上已三更。
馬滑霜濃，不如休去，直是少人行。

并刀—并州出的剪刀，以鋒利著稱。
吳鹽—形容吳地出產的潔白的細鹽。
「纖手」句—指歌妓用纖細的手指把新上市的橘子剝開。
幄—帳幕。
獸煙不斷—刻著獸頭的香爐輕輕升起沉水香煙。
誰行—誰那裡。

蘇幕遮

周邦彥

燎沉香，消溽暑。鳥雀呼晴，侵曉窺簷語。葉上初陽乾宿雨，水面清圓，一一風荷舉。

故鄉遙，何日去？家住吳門，久作長安旅。五月漁郎相憶否？小楫輕舟，夢入芙蓉浦。

燎沉香—焚香。

消溽暑—消除濕溽的暑氣。

侵曉—天初明。侵，進入。

窺簷語—指房簷下的小鳥伸頭叫喳喳。

吳門—蘇州。蘇州曾是吳國首都，此處泛指吳地。作者浙江人，古時屬吳國，故稱「家住吳門」。

長安—漢唐的京城。此處喻指北宋京城汴京。

芙蓉浦—荷花塘。

夜遊宮

周邦彥

葉下斜陽照水，捲輕浪、沉沉千里。橋上酸風射眸子。立多時，看黃昏，燈火市。

古屋寒窗底，聽幾片、井桐飛墜。不戀單衾再三起。有誰知，為蕭娘，書一紙。

葉下—葉落。

沉沉—形容流水不斷的樣子。

酸風射眸子—冷風刺眼。

蕭娘—唐代對女子的泛稱。此指所愛女子。

蝶戀花

周邦彥

月皎驚烏棲不定，更漏將殘，轣轆牽金井。喚起兩眸清炯炯，淚花落枕紅棉冷。

執手霜風吹鬢影。去意徊徨，別語愁難聽。樓上闌干橫斗柄，露寒人遠雞相應。

月皎—月色潔白光明。

更漏—即刻漏，古代記時器。

轣轆—井上的汲水器。

金井—井的美稱。

清炯炯—清明發亮。炯炯，明亮。

徊徨—徘徊、徬惶的意思。

闌干—橫斜的樣子。

斗柄—北斗七星的第五至第七的三顆星象，古代酌酒所用的斗把，叫做斗柄。

蘭陵王

周邦彥

柳陰直，煙裡絲絲弄碧。隋堤上，曾見幾番，拂水飄綿送行色？登臨望故國。誰識京華倦客？長亭路，年去歲來，應折柔條過千尺。

閒尋舊蹤跡，又酒趁哀弦，燈照離席。梨花榆火催寒食。愁一箭風快，半篙波暖，回頭迢遞便數驛，望人在

柳陰直—一指時當正午，日懸中天，柳樹的陰影不偏不倚直鋪在地上。另有一種類似繪畫中透視的效果。

隋堤—指汴京附近汴河的堤，因為汴河是隋朝開的，所以稱隋堤。

拂水飄綿—摹畫出柳樹依依惜別的情態。

行色—行人出發前的景象。

長亭—古時驛路上十里一長亭，五里一短亭。亭是供人休息的地方，也是送別的地方。

閒尋蹤跡—追憶往事的意思。尋，尋思、追憶、回想的意思。

梨花榆火催寒食—寫明那次餞別

天北。淒惻，恨堆積。漸別浦縈迴，津堠岑寂，斜陽冉冉春無極。念月榭攜手，露橋聞笛。沉思前事，似夢裡，淚暗滴。

的時間。寒食節在清明前一天，依舊時風俗，寒食這天禁火，節後另取新火。唐制，清明取榆、柳之火以賜近臣。「催寒食」的「催」字有歲月匆匆之感。

恨—遺憾。

別浦—大水有小口旁通叫浦，別浦也就是水流分支的地方，那裡水波迴旋。

津堠—是渡口附近的守望所。因為已是傍晚，所以渡口冷冷清清的。

暗滴—背著人獨自滴淚。

關河令

周邦彥

秋陰時晴漸向暝，變一庭淒冷。
佇聽寒聲，雲深無雁影。
更深人去寂靜，但照壁、孤燈相映。
酒已都醒，如何消夜永！

時—片時、偶爾的意思。

佇聽—久久地站著傾聽。佇，久立而等待。

寒聲—即秋聲，指秋天的風聲、雨聲、蟲鳥哀鳴聲等。此處是指雁的鳴叫聲。

照壁—古時築於寺廟、廣宅前的牆屏。與正門相對，作遮蔽、裝飾之用，多飾有圖案、文字。也有木製的，下有底座，可以移動，又稱照牆。

消夜永—度過漫漫長夜。夜永，猶言長夜。

玉樓春

周邦彥

桃溪不作從容住，秋藕絕來無續處。
當時相候赤闌橋，今日獨尋黃葉路。
煙中列岫青無數，雁背夕陽紅欲暮。
人如風後入江雲，情似雨餘黏地絮。

桃溪—雖說在宜興有這地名，這裡不作地名用。用東漢劉晨、阮肇天臺山故事典。

「秋藕」句—秋藕與桃溪約略相對。俗語所謂「藕斷絲連」，這裡說藕斷而絲不連。

赤闌橋—這裡似不作地名用。顧況〈題葉道士山房〉：「水邊垂柳赤闌橋。」溫庭筠〈楊柳枝〉詞：「一渠春水赤闌橋。」

黃葉路—點名秋景，赤闌橋未言楊柳，是春景卻不說破。

列岫—遠山相連成排。

風流子

周邦彥

新綠小池塘，風簾動、碎影舞斜陽。羨金屋去來，舊時巢燕；土花繚繞，前度莓牆。繡閣裡，鳳幃深幾許？聽得理絲簧。欲說又休，慮乖芳信；未歌先咽，愁近清觴。

遙知新妝了，開朱戶，應自待月西廂。最苦楚魂，今宵不到伊行。問甚

新綠—指開春後新漲的綠水。

金屋—美女住的地方。漢武帝幼時曾說：「若得阿嬌，當以金屋儲之。」

土花—苔蘚。

莓牆—長滿青苔的牆。

繡閣—繡房。女子的居室裝飾華麗如繡，故稱。

鳳幃—閨中的帷帳。

絲簧—指管弦樂器。

乖—違誤。

清觴—潔淨的酒杯。

待月—元稹《會真記》鶯鶯與張生詩：「待月西廂下，迎風戶半開。」

時說與，佳音密耗，寄將秦鏡，偷換韓香？天便教人，霎時廝見何妨！

伊行—她那裡。
密耗—祕密消息。
秦鏡—漢代秦嘉妻徐淑贈其明鏡。此處指情人送的物品。
韓香—原指晉賈充之女賈午愛戀韓壽，以御賜西域奇香贈之。此處指情人的贈品。

滿庭芳

周邦彥

風老鶯雛，雨肥梅子，午陰嘉樹清圓。地卑山近，衣潤費爐煙。人靜烏鳶自樂，小橋外、新綠濺濺。憑闌久，黃蘆苦竹，疑泛九江船。

年年，如社燕，飄流瀚海，來寄修椽。且莫思身外，長近尊前。憔悴江南倦客，不堪聽急管繁弦。歌筵畔，

風老鶯雛—幼鶯在暖風裡長大。

雨肥梅子—梅子受雨水滋潤而長得肥碩。

「午陰」句—正午嘉樹的陰影清晰而圓。嘉樹，樹的美稱。

地卑—低勢低窪。

潤—濕。

爐煙—南方黃梅季節多潮濕，衣服容易發霉，故用爐香烘熏衣服，以除潮氣。

烏鳶—烏鴉和老鷹。均為貪食之鳥。

新綠—指河水。

濺濺—流水聲。

黃蘆苦竹—白居易〈琵琶行〉：

先安簟枕，容我醉時眠。

「住近湓江地低濕，黃蘆苦竹繞宅生。」這句和「地卑山近」都是說自己所住的地方和白居易謫居江州時所住的地方很相似。黃蘆，枯黃的蘆葦。苦竹，清瘦的竹子。

疑—通「擬」，比擬。

社燕—燕子春社時飛，秋社時歸去，故稱。社，春秋兩次祭土神的日子。

瀚海—沙漠。這裡外泛指遙遠、荒僻的地方。

寄—託身。

修椽—安在梁上支架屋面和瓦片的長木條。

莫思身外—表明自己不考慮身外之事。身外，指功名利祿。

急管繁弦—形容各種樂器同時演奏的熱鬧情景。

簟—竹蓆。

西河

周邦彥

佳麗地，南朝盛事誰記。
山圍故國繞清江，髻鬟對起；
怒濤寂寞打孤城，風檣遙度天際。
斷崖樹，猶倒倚，莫愁艇子曾繫。
空餘舊跡鬱蒼蒼，霧沉半壘。
夜深月過女牆來，傷心東望淮水。

佳麗地－指江南。更指金陵。用南朝奇謝朓〈入城曲〉詩句「江南佳麗地，金陵帝王州。」

南朝盛事－南朝宋、齊、梁、陳四朝建都於金陵。

故國－故都，這裡指金陵。金陵城面臨長江，四周群山環抱，故云「山圍故國」。

髻鬟對起－以女子髻鬟喻在長江邊相對而屹立的山。

風檣－指代順風揚帆的船隻。檣，船上張帆用的桅杆。

斷崖－臨江陡峭的崖壁。

莫愁－相傳為金陵善歌之女。

女牆－城牆上的矮牆。

酒旗戲鼓甚處市？
想依稀、王謝鄰里。
燕子不知何世，入尋常巷陌人家，
相對如說興亡，斜陽裡。

淮水—指秦淮河。橫貫南京城中，為南朝時都人士女遊宴之所。
酒旗—掛在酒店的酒招。
戲鼓—演戲的場所。
甚處—何處。
燕子不知何世—劉禹錫〈烏衣巷〉：「朱雀橋邊野草花，烏衣巷口夕陽斜。舊時王謝堂前燕，飛入尋常百姓家。」

采桑子

呂本中

恨君不似江樓月，
南北東西，南北東西，
只有相隨無別離。

恨君卻似江樓月，
暫滿還虧，暫滿還虧，
待得團圓是幾時？

君—這裡指詞人的妻子。一說此詞為妻子思念丈夫。

江樓—靠在江邊的樓閣。

暫滿還虧—指月亮短暫的圓滿之後又會有缺失。滿，指月圓。虧，指月缺。

點絳唇

李清照

寂寞深閨，柔腸一寸愁千縷。
惜春春去，幾點催花雨。
倚遍闌干，只是無情緒。
人何處，連天芳草，望斷歸來路。

「**寂寞**」二句—此係對韋莊調寄〈應天長〉二詞中有關語句的隱括和新變。

人何處—所思念的人在哪裡？此處的「人」，當與〈鳳凰台上憶吹簫〉的「武陵人」及〈滿庭芳〉的「無人到」中的二「人」字同意，皆喻指作者的丈夫趙明誠。

「**連天**」二句—化用《楚辭・招隱士》：「王孫遊兮不歸，春草生兮萋萋」之句意，以表達亟待良人歸來之望。

點絳唇

李清照

蹴罷秋千，起來慵整纖纖手。
露濃花瘦，薄汗輕衣透。
見客入來，襪剗金釵溜。
和羞走，倚門回首，卻把青梅嗅。

蹴—踩，踏。這裡指盪鞦韆。

慵整—懶洋洋的收拾。

花瘦—形容花枝上的花瓣已經凋零。

見客入來—一作「見有人來」。

襪剗—即剗襪。未穿鞋子，只穿著襪子行走。

溜—溜走，滑落。

和—含。

走—跑，快走。

如夢令

李清照

昨夜雨疏風驟，濃睡不消殘酒。
試問捲簾人，卻道海棠依舊。
知否？知否？應是綠肥紅瘦。

雨疏風驟—雨點稀疏，晚風急猛。疏，指稀疏。

「濃睡」句—雖然睡了一夜，仍有餘醉未消。濃睡，酣睡。殘酒，尚未消散的醉意。

捲簾人—有學者認為此指侍女。

綠肥紅瘦—綠葉繁茂，紅花凋零。

一剪梅

李清照

紅藕香殘玉簟秋。輕解羅裳，獨上蘭舟。雲中誰寄錦書來，雁字回時，月滿西樓。

花自飄零水自流。一種相思，兩處閒愁。此情無計可消除，才下眉頭，卻上心頭。

紅藕—紅色的荷花。

玉簟—光滑精美的竹蓆。

裳—古人穿的下衣，也泛指衣服。

蘭舟—船的雅稱。

錦書—前秦蘇惠曾織錦作〈璇璣圖詩〉，寄其夫竇滔。後人因稱妻寄夫為錦字，或稱錦書；亦泛為書信的美稱。

雁字—即雁行。

一種相思，兩處閒愁—意思是彼此都在思念對方，可又不能互相傾訴，只好各在一方獨自愁悶著。

才下眉頭，卻上心頭—意思是眉上愁雲剛消，心裡又愁了起來。

醉花陰

李清照

薄霧濃雲愁永晝，瑞腦消金獸。
佳節又重陽，玉枕紗廚，半夜涼初透。
東籬把酒黃昏後，有暗香盈袖。
莫道不銷魂，簾捲西風，人比黃花瘦。

永晝—漫長的白天。
瑞腦—一種薰香名。又稱龍腦，即冰片。
金獸—獸形的銅香爐。
重陽—農曆九月九日為重陽節。《周易》以「九」為陽數，日月皆值陽數，並且相重，故名。
紗廚—即防蚊蠅的紗帳。
東籬—泛指採菊之地。陶淵明〈飲酒詩〉：「採菊東籬下，悠悠見南山。」為古今豔稱之名句，故「東籬」亦成為詩人慣用之詠菊典故。
暗香—這裡指菊花的幽香。
銷魂—形容極度憂愁、悲傷。
西風—秋風。
黃花—指菊花。

聲聲慢

李清照

尋尋覓覓，冷冷清清，
淒淒慘慘戚戚。
乍暖還寒時候，最難將息。
三杯兩盞淡酒，怎敵他、晚來風急。
雁過也，正傷心，卻是舊時相識。
滿地黃花堆積，
憔悴損、如今有誰堪摘？

尋尋覓覓－想把失去的一切都找回來，表現非常空虛悵惘、迷茫失落的心態。

淒淒慘慘戚戚－憂愁苦悶的樣子。

乍暖還寒－指秋天的天氣，忽然變暖，又轉寒冷。

將息－調養，休息。

怎敵他－對付，抵擋。

堪摘－可以採摘。

守著窗兒，獨自怎生得黑？
梧桐更兼細雨，到黃昏點點滴滴。
這次第，怎一個愁字了得！

怎生—怎樣，怎麼。

梧桐更兼細雨—暗用白居易〈長恨歌〉「秋雨梧桐葉落時」詩意。

這次第—宋人口語，即這情形，這光景。

了得—包含得了，概括得了。

武陵春

◎春晚

李清照

風住塵香花已盡，日晚倦梳頭。
物是人非事事休，欲語淚先流。
聞說雙溪春尚好，也擬泛輕舟。
只恐雙溪舴艋舟，載不動、許多愁。

住—停。
塵香—塵土有落花的香氣。
日晚—太陽高高升起，時間已經不早了。
倦—慵懶。
雙溪—河名，流經浙江金華，唐宋時期知名的風景區。
擬—打算。
泛舟—划船。
恐—怕。
舴艋舟—小船。

永遇樂

李清照

落日鎔金，暮雲合璧，人在何處？
染柳煙濃，吹梅笛怨，春意知幾許？
元宵佳節，融和天氣，
次第豈無風雨。
來相召、香車寶馬，謝他酒朋詩侶。
中州盛日，閨門多暇，
記得偏重三五。

落日熔金—落日的顏色好像熔化的黃金。

合璧—像璧玉一樣合成一塊。

吹梅笛怨—指笛子吹出《梅花落》曲幽怨的聲音。

次第—接著，轉眼。

香車寶馬—這裡指貴族婦女所乘坐的、雕鏤工緻裝飾華美的車駕。

中州—即中土、中原。這裡指北宋汴京，今河南開封。

三五—指元宵節。

鋪翠冠兒，撚金雪柳，簇帶爭濟楚。
如今憔悴，風鬟霜鬢，
怕見夜間出去。
不如向、簾兒底下，聽人笑語。

鋪翠冠兒—飾有翠羽的女式帽子。
撚金雪柳—元宵節女子頭上的裝飾。雪柳，以素絹和銀紙做成的頭飾。
簇帶—簇，聚集之意。帶即戴，加在頭上謂之戴。
濟楚—整齊、漂亮。

孤雁兒

李清照

藤床紙帳朝眠起，說不盡、無佳思。
沉香斷續玉爐寒，伴我情懷如水。
笛聲三弄，梅心驚破，多少春情意。
小風疏雨蕭蕭地，又催下、千行淚。
吹簫人去玉樓空，腸斷與誰同倚？
一枝折得，人間天上，沒個人堪寄。

藤床—一種用藤條繃在木框上製成的床，類似今之藤躺椅。
紙帳—亦名梅花紙帳。宋人詞作中，這種陳設大都表現淒涼慵怠情景。
梅心—指梅花的蓓蕾。
驚破—驚，擬人手法。破，綻開。
春情意—喻當年夫妻情深。
蕭蕭—風雨聲。
吹簫人去—用的是秦穆公女弄玉與其夫蕭史的典故。
腸斷—這裡形容因喪夫而悲傷至極。
同倚—依偎在一起。
堪寄—可以寄贈。

漁家傲

李清照

天接雲濤連曉霧，星河欲轉千帆舞。
彷彿夢魂歸帝所。
聞天語，殷勤問我歸何處。

我報路長嗟日暮，學詩謾有驚人句。
九萬里風鵬正舉。
風休住，蓬舟吹取三山去！

星河—銀河。

帝所—天帝居住的地方。

天語—天帝的話語。

「我報」句—路長，隱括屈原《離騷》：「路漫漫其修遠兮，我將上下而求索」之意。日暮，隱括屈原《離騷》：「欲少留此靈瑣兮，日忽忽其將暮」之意。嗟，慨嘆。

「學詩」句—隱括杜甫句：「語不驚人死不休」。謾有，空有。

九萬里—《莊子·逍遙遊》中說大鵬乘風飛上九萬里高空。

蓬舟—被風吹轉的船。

吹取—吹得。

三山—《史記·封禪書》記載：渤海中有蓬萊、方丈、瀛洲三座仙山，相傳為仙人所居住。

浣溪沙

李清照

淡蕩春光寒食天，玉爐沉水裊殘煙。
夢回山枕隱花鈿。
海燕未來人鬥草，江梅已過柳生綿。
黃昏疏雨濕鞦韆。

淡蕩—和舒的樣子。多用以形容春天的景物。

沉水—沉水香，一種名貴的香料。

山枕—兩端隆起如山形的凹枕。

海燕—燕子的一種，冬天到南方過冬，春天回北方築巢。

鬥草—一種競採百草、比賽優勝的遊戲。

江梅—梅的一種優良品種。

柳綿—即柳絮。

小重山

李清照

春到長門春草青。
江梅些子破，未開勻。
碧雲籠碾玉成塵。
留曉夢，驚破一甌春。
花影壓重門。
疏簾鋪淡月，好黃昏。
二年三度負東君，

長門－長門宮，漢代長安離宮名。漢武帝的陳皇后因妒失寵，打入長門宮。這裡意指女主人公冷寂孤獨的住所。

些子－少許。

破－綻開、吐豔。

碧雲－指茶團。宋代的茶葉大都製成團狀，飲用時要碾碎再煮。碧，形容茶的顏色。

籠碾－兩種碾茶用具，這裡作為動詞用，指把茶團放在各種器皿中碾碎。

玉成塵－把茶團碾得細如粉塵。「玉」字呼應「碧」字。

留曉夢－還留戀和陶醉在拂曉時

歸來也，著意過今春。

分的好夢中。

一甌春—指一盂茶。甌，盆、盂等盛器。以春字暗喻茶水。

二年三度—指第一年的春天到第三年的初春。

東君—原指太陽，後演變為春神。詞中指美好的春光。

臨江仙

李清照

庭院深深深幾許？雲窗霧閣常扃。
柳梢梅萼漸分明。
春歸秣陵樹，人老建康城。

感月吟風多少事，如今老去無成。
誰憐憔悴更凋零。
試燈無意思，踏雪沒心情。

雲窗霧閣—雲霧繚繞的樓閣。

扃—門環、門閂等。在此謂門窗關閉。

梅萼—梅花的蓓蕾。

秣陵—秦改金陵為秣陵，與下文「建康城」是同一地方，即今江蘇南京。

感月吟風—即「吟風弄月」。

無成—這裡指對「風月」不感興趣，什麼也寫不出來。

凋零—形容事物衰敗。

試燈—未到元宵節而張燈預賞謂之試燈。

踏雪—在雪地行走。亦指賞雪。

攤破浣溪沙

李清照

病起蕭蕭兩鬢華，臥看殘月上窗紗。
豆蔻連梢煎熟水，莫分茶。
枕上詩書閒處好，門前風景雨來佳。
終日向人多醞藉，木犀花。

蕭蕭—鬢髮花白稀疏的樣子。
豆蔻—藥物名。
熟水—當時的一種藥用飲料。
分茶—楊萬里〈澹庵坐上觀顯上人分茶〉詩有云：「分茶何似煎茶好，煎茶不似分茶巧。」分茶是一種高雅的茶戲，其方法是用茶匙取茶湯分別注入盞中飲食。
醞藉—寬和有涵容。
木犀花—即桂花。

減字木蘭花

賣花擔上，買得一枝春欲放。
淚染輕勻，猶帶彤霞曉露痕。
怕郎猜道，奴面不如花面好。
雲鬢斜簪，徒要教郎比並看。

李清照

一枝春欲放—此指買得一枝將要開放的梅花。

淚—指形似眼淚的晶瑩露珠。

奴—作者自稱。

雲鬢—形容鬢髮多而美。

「徒要」句—意謂自己比花更好看。徒，只、但。郎，在古代既是婦女對丈夫的稱呼，也是對她所愛男子的稱呼。這裡當指前者。比並，對比。

蒼梧謠

蔡伸

天！休使圓蟾照客眠。人何在？桂影自嬋娟。

圓蟾—圓月。蟾，蟾蜍。屈原《天問》有「顧菟在腹」之句，即蟾蜍在月亮腹中。後來就以蟾蜍為月亮的代稱。

「人何在」二句—桂影，月影。嬋娟，美好。這兩句是說月中桂影空自婆娑，而月下卻不見伊人佳影。

蘇武慢

蔡伸

雁落平沙，煙籠寒水，古壘鳴笳聲斷。青山隱隱，敗葉蕭蕭，天際暝鴉零亂。樓上黃昏，片帆千里歸程，年華將晚。望碧雲空暮，佳人何處？夢魂俱遠。

憶舊遊，邃館朱扉，小園香徑，尚想桃花人面。書盈錦軸，恨滿金徽，難

平沙—指廣闊的平原。

古壘—古代留下的壁壘。

鳴笳—吹奏笳笛。笳笛，古管樂器名。

敗葉—落葉，枯葉。

樓上黃昏—點出殘照當樓之時樓上凝神遙望之人。

片帆—孤舟。

年華將晚—加深思歸的緊迫感。

「望碧雲空暮」三句—化用江淹詩「日暮碧雲合，佳人殊未來」。

邃館—幽深的宅院。

朱扉—紅漆大門。

錦軸—化用蘇蕙回文詩典故。

寫寸心幽怨。兩地離愁，一尊芳酒，
淒涼危欄倚遍。盡遲留，憑仗西風，
吹乾淚眼。

金徽——以琴面標誌音位的徽，代指琴。
遲留——停留，逗留。
憑仗——任憑。

石州慢

張元幹

寒水依痕，春意漸回，沙際煙闊。
溪梅晴照生香，冷蕊數枝爭發。
天涯舊恨，試看幾許消魂？
長亭門外山重疊。
不盡眼中青，是愁來時節。
情切。
畫樓深閉，想見東風，暗消肌雪。

「寒水」句—杜甫〈冬深〉詩「花葉惟天意，江溪共石根。早露隨類影，寒水各依痕。」此處指冰雪消融之後，河岸上留下一條水痕。

冷蕊—寒天的花，多指梅花。

肌雪—指人的皮膚潔白如雪。

辜負枕前雲雨，尊前花月。
心期切處，更有多少淒涼，
殷勤留與歸時說。
到得再相逢，恰經年離別。

枕前雲雨——此處指夫婦歡合。
尊前——在酒樽之前。指酒筵上。

點絳脣 ◎呈洛濱、筠溪二老

張元幹

清夜沉沉，暗蛩啼處檐花落。
乍涼簾幕，香繞屏山角。
堪恨歸鴻，情似秋雲薄。
書難托，盡交寂寞，忘了前時約。

暗蛩—藏身在暗處的蟋蟀。

檐花落—屋檐上的水流下來，在光的照映下像銀花一般。

盡交—即聽任之意。宋時方言。

豆葉黃

趙彥端

粉牆丹柱柳絲中，簾箔輕明花影重。
午醉醒來一面風。
綠葱葱，幾顆櫻桃葉底紅。

簾箔—簾子。

葱葱—蒼翠茂盛的樣子。

鷓鴣天 ◎寄情

李呂

臉上殘霞酒半消，晚妝勻罷卻無聊。
金泥帳小誰與共，銀字笙寒懶更調。
人悄悄，漏迢迢，瑣窗虛度可憐宵。
一從恨滿丁香結，幾度春深豆蔻梢。

殘霞—形容漸淡的紅暈。

金泥帳—以金屑為飾的寶帳。

銀字笙—笙上以銀字標明音調的高低。

一從—猶「一別」。

丁香結—丁香的花蕾，常用以比喻愁緒鬱結難解。

豆蔻—比喻美貌少女。

南鄉子

陸游

歸夢寄吳檣，水驛江程去路長。
想見芳洲初繫纜，
斜陽，煙樹參差認武昌。

愁鬢點新霜，曾是朝衣染御香。
重到故鄉交舊少，
淒涼，卻恐他鄉勝故鄉。

吳檣——指歸吳的船隻。

想見——是臨近武昌時的設想。

認——指歸途重遊，已有印象。

愁鬢點新霜——自嘆年老。陸游是年五十四歲。

朝衣染御香——指在朝為官。

臨江仙

陸游

鳩雨催成新綠，燕泥收盡殘紅。
春光還與美人同。
論心空眷眷，分袂卻匆匆。
只道真情易寫，那知怨句難工。
水流雲散各西東。
半廊花院月，一帽柳橋風。

鳩雨—下雨時節，俗稱鳩鳴為雨候，因稱。
燕泥—燕子築巢所銜的泥。
眷眷—依依不捨的樣子。
分袂—離別。
難工—難以真切地表達。

釵頭鳳

陸游

紅酥手，黃縢酒，滿城春色宮牆柳。東風惡，歡情薄，一懷愁緒，幾年離索。錯！錯！錯！

春如舊，人空瘦，淚痕紅浥鮫綃透。桃花落，閒池閣，山盟雖在，錦書難托。莫！莫！莫！

紅酥手—紅軟細膩的手。

黃縢酒—用黃紙封口的酒。縢，意為封緘。

東風惡，歡情薄—藉春風吹落繁花比喻好景不常，歡情難再。

離索—離群索居，暗指自己與唐琬被迫離婚。

「淚痕」句—形容眼淚沖掉胭脂，浸濕並染紅了手帕。鮫綃，據説南海中有鮫人，像魚一樣生活在水中，他們織出來的絲非常薄。綃，生絲。

山盟—堅貞不變的誓約。

莫—罷了。

秦樓月

范成大

浮雲集，輕雷隱隱初驚蟄。
初驚蟄，鵓鳩鳴怒，綠楊風急。
玉爐煙重香羅浥，拂牆濃杏燕支濕。
燕支濕，花梢缺處，畫樓人立。

驚蟄—古稱「啟蟄」，是二十四節氣之中的第三個節氣，代表仲春時節的開始。

鵓鳩—又名鵓鴣。據說天要下雨時，鵓鴣會發出急促的鳴啼。

浥—濕潤。

燕支—一種植物，花可用來做胭脂。

霜天曉角

范成大

晚晴風歇，一夜春威折。
脈脈花疏天淡，雲來去、數枝雪。
勝絕愁亦絕，此情誰共說。
惟有兩行低雁，知人倚、畫樓月。

春威—春寒凜冽的威力。

脈脈—形容含情不語的樣子。

數枝雪—數枝白梅如雪。

絕—美妙至極，勝過一切。

卜算子

◎詠梅

驛外斷橋邊，寂寞開無主。
已是黃昏獨自愁，更著風和雨。
無意苦爭春，一任群芳妒。
零落成泥碾作塵，只有香如故。

陸游

驛—驛站，供驛馬或官吏中途休息的專用建築。

驛外—指荒僻、冷清之地。

更著—又加上。

苦—盡力，竭力。

爭春—與百花爭奇鬥豔。

一任—任憑，不在乎。

群芳—百花，此處喻指苟且偷安的主和派。

碾—軋碎。

作塵—化作塵土。

香如故—香氣依舊存在。故，指花開時。

鵲橋仙

范成大

雙星良夜，耕慵織懶，應被群仙相妒。娟娟月姊滿眉顰，更無奈、風姨吹雨。

相逢草草，爭如休見，重攪別離心緒。新歡不抵舊愁多，倒添了、新愁歸去。

雙星—指牛郎和織女星。

娟娟—美好的樣子。

月姊—指月中嫦娥。

顰—皺眉。

風姨—即風神。

草草—匆匆之意。

爭如—怎麼比得上。這裡是還不如的意思。

不抵—不如，比不上。

眼兒媚

◎萍鄉道中乍晴，臥輿中，困甚，小憩柳塘

范成大

酣酣日腳紫煙浮，妍暖破輕裘。
困人天色，醉人花氣，午夢扶頭。
春慵恰似春塘水，一片縠紋愁。
溶溶曳曳，東風無力，欲皺還休。

萍鄉—今江西萍鄉市。

酣酣—日光溫暖柔和。

日腳—穿過雲隙下射的日光。

妍暖—輕暖。

扶頭—扶頭酒的省稱，指易醉之酒。

縠紋—形容細微的水波。

溶溶曳曳—水波微漾的樣子。

好事近

楊萬里

月未到誠齋，先到萬花川谷。不是誠齋無月，隔一庭修竹。

如今才是十三夜，月色已如玉。未是秋光奇豔，看十五十六。

誠齋—作者書齋名。

萬花川谷—在吉水之東，作者居宅之上方。

「未是」二句—這還不是最美的月色，最美的月色，要到十五、十六日才能領略。未是，還不到。

昭君怨 ◎詠荷上雨

楊萬里

午夢扁舟花底，香滿西湖煙水。
急雨打篷聲，夢初驚。
卻是池荷跳雨，散了真珠還聚。
聚作水銀窩，瀉清波。

扁舟—指小船。
花底—花叢下。
篷—船篷。
跳雨—形容雨珠濺落。
「聚作」句—晶瑩的雨點聚在葉心，像一窩泛波的水銀。

謁金門◎春半

朱淑真

春已半，觸目此情無限。
十二闌干閒倚遍，愁來天不管。
好是風和日暖，輸與鶯鶯燕燕。
滿院落花簾不捲，斷腸芳草遠。

春已半—化用李煜：「別來春半，觸目愁腸斷。」

十二闌干—指十二曲欄干。語出李商隱〈碧城三首〉中的「碧城十二曲闌干」。

輸與—比不上、不如。

芳草—在古代詩詞中，多象徵所思念的人。

清平樂 ◎夏日遊湖

朱淑真

惱煙撩露，留我須臾住。
攜手藕花湖上路，一霎黃梅細雨。
嬌癡不怕人猜，隨群暫遣愁懷。
最是分攜時候，歸來懶傍妝臺。

惱煙—迷濛春霧惹人心生蕩漾。
撩露—晶瑩的露珠撩撥得情難自已。
須臾住—短暫停留。
黃梅細雨—初夏梅子黃熟時的雨。
嬌癡—天真活潑、不曉世事的樣子。
分攜—分手。
妝臺—梳妝臺。

眼兒媚

朱淑真

遲遲春日弄輕柔，花徑暗香流。
清明過了，不堪回首，雲鎖朱樓。
午窗睡起鶯聲巧，何處喚春愁？
綠楊影裡，海棠亭畔，紅杏梢頭。

遲遲春日—語出《詩經・七月》「春日遲遲」。遲遲，指日長而暖。

輕柔—形容風和日暖。

花徑—花間小路。

雲鎖朱樓—形容陰雲四布，籠罩樓閣。朱樓，指富麗華美的樓閣。

梢頭—樹枝的頂端。

燭影搖紅 ◎上元有懷

張掄

雙闕中天，鳳樓十二春寒淺。
去年元夜奉宸遊，曾侍瑤池宴。
玉殿珠簾盡捲，擁群仙、蓬壺閬苑。
五雲深處，萬燭光中，揭天絲管。

馳隙流年，恍如一瞬星霜換。
今宵誰念泣孤臣，回首長安遠。
可是塵緣未斷？謾惆悵、華胥夢短。

雙闕中天—皇宮門前兩邊高大的樓臺，中間為通道。闕，古代宮廟及墓前立雙柱者謂之闕。

鳳樓—泛指宮殿樓閣。

宸遊—帝王巡遊。

瑤池—傳說中王母所居之仙境。

蓬壺閬苑—指帝王的宮殿。蓬壺，傳說海中有三神山，其一名蓬萊，又作蓬壺。閬苑，亦神仙所居。

五雲—用以形容元夜宮苑色彩紛呈的景象。

馳隙流年—迅疾易逝的年華。

星霜—星辰運行一年一循環，霜則每年至秋始降，因用以指年歲，一星霜即一年。

滿懷幽恨，數點寒燈，幾聲歸雁。

孤臣—孤立無助的臣子。

謾—徒然。

華胥—傳說中的古國民，借指夢境。

蝶戀花

張掄

前日海棠猶未破，點點胭脂，染就真珠顆。今日重來花下坐，亂鋪宮錦春無那。

剩摘繁枝簪幾朵，痛惜深憐，只恐芳菲過。醉倒何妨花底臥，不須紅袖來扶我。

猶未破——指海棠花蕾還未盛開。

胭脂——淡粉紅色的海棠花蕾。

真珠——即珍珠。

芳菲——此指花的香氣。指春天。

紅袖——紅色的衣服。代指豔妝美女。

風入松 ◎西湖戲作

侯寘

少年心醉杜韋娘，曾格外疏狂。錦箋預約西湖上，共幽深、竹院松窗。愁夜黛眉顰翠，惜歸羅帕分香。

重來一夢覺黃粱，空煙水微茫。如今眼底無姚魏，記舊遊、凝佇淒涼。入扇柳風殘酒，點衣花雨斜陽。

心醉—傾心愛慕。

杜韋娘—唐代時一位知名歌女。

錦箋—華美精緻的信紙。

羅帕—絲織的手帕。

無姚魏—沒有名花美女。姚魏，即姚黃、魏紫。原指北宋洛陽兩種名貴牡丹花。此喻美女，即杜韋娘。

四犯令

侯寘

月破輕雲天淡注，夜悄花無語。
莫聽陽關牽離緒，拚酩酊、花深處。
明日江郊芳草路，春逐行人去。
不似酴醾開獨步，能著意、留春住。

天淡注—天色淺淡，雲層稀薄。

陽關—即陽關曲，此為送別之曲。

拚—不顧惜。

酩酊—形容大醉。

酴醾—植物名，即「荼蘼」，亦稱佛見笑、獨步春。春末夏初開花。

著意—注意、用心。

青玉案 ◎元夕

辛棄疾

東風夜放花千樹。更吹落、星如雨。
寶馬雕車香滿路。
鳳簫聲動，玉壺光轉，一夜魚龍舞。
蛾兒雪柳黃金縷，笑語盈盈暗香去。
眾裡尋他千百度。
驀然回首，那人卻在，燈火闌珊處。

元夕—舊曆正月十五元宵節。

花千樹—形容燈火之多，如千樹繁花齊開。

寶馬雕車—指觀燈的貴族豪門的華麗車馬。

鳳簫—排簫。簫管排列參差如鳳翼，故名。《神仙傳》載，秦穆公之女弄玉，善吹簫作鳳鳴聲，引來了鳳。故稱簫為鳳簫。

玉壺—比喻月亮。

魚龍—拽魚燈，龍燈。

蛾兒雪柳—元宵節婦女頭上戴的裝飾物。

盈盈—形容女子儀態美好。

千百度—千百次，千百遍。

驀然—忽然。

闌珊—零落、冷清。

清平樂 ◎博山道中即事

辛棄疾

柳邊飛鞚，露濕征衣重。
宿鷺窺沙影動，應有魚蝦入夢。
一川淡月疏星，浣紗人影娉婷。
笑背行人歸去，門前稚子啼聲。

飛鞚—縱馬疾馳。鞚，帶嚼子的馬籠頭，此處代指馬。

娉婷—姿態嬌美。

稚子—幼兒。

清平樂

辛棄疾

茅檐低小，溪上青青草。
醉裡吳音相媚好，白髮誰家翁媼？
大兒鋤豆溪東，中兒正織雞籠；
最喜小兒無賴，溪頭臥剝蓮蓬。

「**茅檐**」二句—指春到農村，又是農忙季節。

吳音相媚好—江蘇一帶的人，講話的口音多帶「儂」字，說起話來悅耳好聽。

翁媼—老公公、老婆婆。

無賴—無所事事。

溪頭—溪邊。

蓮蓬—蓮子及其外苞，類似喇叭形；有二、三十個形狀像蜂房的小孔，小孔裡藏有蓮子。

西江月 ◎夜行黃沙道中

辛棄疾

明月別枝驚鵲，清風半夜鳴蟬。
稻花香裡說豐年，聽取蛙聲一片。
七八個星天外，兩三點雨山前。
舊時茅店社林邊，路轉溪橋忽見。

黃沙—黃沙嶺，在江西信州上饒之西，作者閒居帶湖時，常常往來經過此嶺。

「明月」句—明亮的月光使枝頭的喜鵲驚醒，隨即飛去。

社林—土地廟附近的樹林。社，土地神廟。

見—通「現」，發現，出現。

醜奴兒 ◎書博山道中壁

辛棄疾

少年不識愁滋味，愛上層樓。
愛上層樓，為賦新詞強說愁。
而今識盡愁滋味，欲語還休。
欲語還休，卻道天涼好個秋！

博山－在今江西廣豐縣西南。因狀如廬山香爐峰，故名。淳熙八年（一一八一年）辛棄疾罷職退居上饒，常過博山。

少年－指年輕的時候。

不識－不懂，不知道什麼是。

層樓－高樓。

賦－作詩。

強說愁－勉強說愁。

識盡－嘗夠，深深懂得。

欲說還休－想要說還是沒有說。休，停止。

卜算子

程垓

獨自上層樓，樓外青山遠。
望到斜陽欲盡時，不見西飛雁。
獨自下層樓，樓下蛩聲怨。
待到黃昏月上時，依舊柔腸斷。

斜陽欲盡—直望到殘陽餘暉即將完全消失的時候。

西飛雁—從西邊飛回之雁，相傳雁足能傳書。

蛩—蟋蟀。

柔腸—指女子的情懷。

愁倚闌

程垓

春猶淺，柳初芽，杏初花。
楊柳杏花交影處，有人家。
玉窗明暖烘霞。小屏上、水遠山斜。
昨夜酒多春睡重，莫驚他。

春猶淺—指初春。
柳初芽—柳樹抽長新芽。
杏初花—杏樹開起了早花。
玉窗—窗戶的美稱。
烘—渲染、襯托。

卜算子

石孝友

見也如何暮，別也如何遽。
別也應難見也難，後會難憑據。
去也如何去，住也如何住。
住也應難去也難，此際難分付。

如何——為何。
遽——倉促。
見也難——既指初見之難，也指重見之難。
住——停留，留下。
此際——眼下，目前。
分付——安排，發落，宋時口語。

好事近

石孝友

微雨灑芳塵，醞造可人春色。
聞道夢雲樓外，正小桃花發。
殷勤留取最繁枝，樽前待閒折。
準擬亂紅深處，化一雙蝴蝶。

芳塵—帶有香氣的粉塵。
醞造—釀造，製作。
可人—惹人喜愛。
夢雲樓—此指女子居住之樓。
殷勤—情意懇切。
留取—留著。
化一雙—借用莊子《齊物論》，意為願與思念之人同化為蝶，相偕並飛。

點絳脣

◎詠梅月

陳亮

一夜相思，水邊清淺橫枝瘦。小窗如畫，情共香俱透。
清入夢魂，千里人長久。君知否。雨僝雲僽，格調還依舊。

「水邊」句—用林逋〈山園小梅〉：「疏影橫斜水清淺，暗香浮動月黃昏」詩意。

小窗如畫—形容月光明亮。

雨僝雲僽—指風吹雨打。僝僽，摧殘。

格調—指品格。

點絳唇 ◎丁未冬，過吳松作

姜夔

燕雁無心，太湖西畔隨雲去。
數峰清苦，商略黃昏雨。
第四橋邊，擬共天隨住。
今何許？憑欄懷古，殘柳參差舞。

吳松—即今吳江市，屬江蘇省。

燕雁—北方來的雁。

無心—沒有心機。這裡指純任天然。

清苦—形容寒山寥落、荒涼。

商略—準備，醞釀。

第四橋—又名甘泉橋，在今江蘇吳江城外。

天隨—指唐朝詩人陸龜蒙。他自號天隨子，終身不仕。

何許—何處，何時。

參差—長短不齊。

鷓鴣天 ◎元夕有所夢

姜夔

肥水東流無盡期，當初不合種相思。
夢中未比丹青見，暗裡忽驚山鳥啼。
春未綠，鬢先絲，人間別久不成悲。
誰教歲歲紅蓮夜，兩處沉吟各自知。

元夕—即元宵節。

肥水—源出安徽合肥西南紫蓬山，東流經合肥入巢湖。

不合—不該。

種相思—種下相思之情。

丹青—泛指畫像。

春未綠—本詞作於正月，這時氣候很冷，草未發芽，所以說春未綠。

紅蓮—指燈籠。歐陽修元夕詞有「纖手染香羅，剪紅蓮滿城開遍」之句。

踏莎行

◎自沔東來，丁未元日至金陵，江上感夢而作

姜夔

燕燕輕盈，鶯鶯嬌軟，
分明又向華胥見。
夜長爭得薄情知？春初早被相思染。
別後書辭，別時針線，
離魂暗逐郎行遠。
淮南皓月冷千山，冥冥歸去無人管。

沔東—唐、宋州名，今湖北漢陽，姜夔早歲流寓此地。丁未元日 孝宗淳熙十四（一一八七）年元旦。

「燕燕」二句—鶯燕借指伊人。

華胥—夢裡。《列子．黃帝》：「黃帝晝寢而夢，遊於華胥氏之國。」

郎行—情郎那邊。

「淮南」二句—杜甫〈夢李白〉二首之一：「魂來楓林青，魂返關塞黑。」〈詠懷古蹟〉五首之三：「環佩空歸月夜魂。」此處化用其意。淮南，指合肥。

揚州慢

姜夔

◎淳熙丙申至日，予過維揚。夜雪初霽，薺麥彌望。入其城則四顧蕭條，寒水自碧，暮色漸起，戍角悲吟；予懷愴然，感慨今昔，因自度此曲。千巖老人以為有黍離之悲也。

淮左名都，竹西佳處，解鞍少駐初程。過春風十里，盡薺麥青青。自胡馬窺江去後，廢池喬木，猶厭言兵。漸黃昏，清角吹寒，都在空城。

杜郎俊賞，算而今、重到須驚。縱

淳熙丙申—淳熙三年（一一七六）。

至日—冬至。

維揚—今江蘇揚州。

薺麥—薺菜和麥子。

彌望—滿眼。

戍角—軍中號角。

千巖老人—南宋詩人蕭德藻，字東夫，自號千巖老人。姜夔曾跟他學詩，又是他的侄女婿。

黍離—《詩經・王風》篇名。周平王東遷後，周大夫經過西周故都見「宗室宮廟，盡為禾黍」，遂賦〈黍離〉詩誌哀。後世即用「黍離」來表示亡國之痛。

淮左—宋在蘇北和江淮設淮南東路和淮南西路，淮南東路又稱淮左。

竹西—揚州城東一亭名。

豆蔻詞工，青樓夢好，難賦深情。
二十四橋仍在，波心蕩、冷月無聲。
念橋邊紅藥，年年知為誰生？

初程—指作者初次到揚州。
春風十里—借指昔日揚州的最繁華處。
胡馬窺江—金兵兩次南下，揚州都遭慘重破壞。
廢池—廢毀的池臺。
喬木—殘存的古樹。
清角—淒清的號角。
杜郎—唐朝詩人杜牧，他以在揚州詩酒清狂著稱。
俊賞—卓越的鑑賞水平。
豆蔻—形容少女美豔。
青樓夢—妓院。
二十四橋—一說唐時揚州城內有橋二十四座，皆為可紀之名勝。一說專指揚州西郊的吳家磚橋（一名紅藥橋）。
紅藥—芍藥。

臨江仙 ◎閨思

史達祖

愁與西風應有約，年年同赴清秋。
舊遊簾幕記揚州。
一燈人著夢，雙燕月當樓。
羅帶鴛鴦塵暗淡，更須整頓風流。
天涯萬一見溫柔。
瘦應緣此瘦，羞亦為郎羞。

西風—秋風。

清秋—清秋節，即重陽節。

揚州—指風月之地。

著夢—入夢。

羅帶鴛鴦—繡有鴛鴦花紋的絲織合歡帶。

塵暗淡—表示離別時間已久。

風流—指美好動人的風韻，此處有使風韻美好動人的意思。

見—同「現」，出現。設想情郎來到。

溫柔—指溫柔鄉，喻美色迷人之境，此指伊人香閨。

蝶戀花

史達祖

二月東風吹客袂。蘇小門前，楊柳如腰細。蝴蝶識人游冶地，舊曾來處花開未。

幾夜湖山生夢寐。評泊尋芳，只怕春寒裡。今歲清明逢上巳，相思先到濺裙水。

袂—衣袖。

蘇小—南齊名妓蘇小小。此處借指所戀之歌妓。

游冶—多指狎妓游賞。

評泊—評論。

上巳—舊時節日名。漢以前以三月上旬巳日為上巳，魏晉後訂為三月三日。後演變為水邊宴樂、郊外踏青的節日。

濺裙—即湔裙。古代在正月初一到月底這段時間，女士將酒灑在水邊，然後浣洗衣服，以示祓除不祥之意。宋代人往往在清明、上巳兩個節日的時候舉行。

菩薩蠻

高觀國

春風吹綠湖邊草，春光依舊湖邊道。
玉勒錦障泥，少年遊冶時。
煙明花似繡，且醉旗亭酒。
斜日照花西，歸鴉花外啼。

玉勒錦障泥——指坐騎極為華貴。玉勒，用美玉裝飾的馬籠頭。錦障泥，用錦緞做成的馬鞍墊子。

遊冶——出遊玩樂。

花外——花叢的遠處。

清平樂

李從周

美人嬌小，鏡裡容顏好。
秀色侵人春帳曉，郎去幾時重到？
叮嚀記取兒家，碧雲隱映紅霞。
直下小橋流水，門前一樹桃花。

嬌小—嬌媚纖弱。

秀色侵人—嬌媚的姿容令人陶醉。

帳曉—帷帳中變得透明，指天亮。

眼兒媚

洪咨夔

平沙芳草渡頭村，綠遍去年痕。
游絲下上，流鶯來往，無限銷魂。
綺窗深靜人歸晚，金鴨水沉溫。
海棠影下，子規聲裡，立盡黃昏。

游絲—春日裡，一些蟲子所吐的細絲飄拂在空中。

綺窗—雕刻有花紋的窗戶。
金鴨—金屬製鴨形香爐。
水沉—即沉水香，一種名貴的香料。古代用以熏衣、去穢氣。
子規—即杜鵑鳥。相傳戰國時蜀王杜宇死後化為杜鵑鳥，叫聲淒切，晝夜悲鳴。

清平樂

◎頃枉維揚，楊師文參議家舞姬絕妙，賦此

劉克莊

宮腰束素，只怕能輕舉。
好築避風臺護取，莫遣驚鴻飛去。
一團香玉溫柔，笑顰俱有風流。
貪與蕭郎眉語，不知舞錯伊州。

宮腰束素—南宋時期上流社會有蓄家姬的風氣。宮腰束素，用宋玉〈登徒子好色賦〉中「腰如束素」。

好築避風臺護取—用趙飛燕的故事，據說趙飛燕體質輕盈，漢成帝恐其飄翥，為製七寶避風臺。

驚鴻飛去—用曹植〈洛神賦〉裡寫洛神的句子「翩若驚鴻」。

蕭郎—泛指為女子所愛戀的男子。

伊州—舞曲名。

長相思 ◎惜梅

劉克莊

寒相催，暖相催，催了開時催謝時，
丁寧花放遲。
角聲吹，笛聲吹，吹了南枝吹北枝，
明朝成雪飛。

寒相催—嚴寒促使梅花開放。

暖相催—指春天天氣逐漸變暖，促使梅花逐漸凋零。

丁寧—通「叮嚀」，指反覆囑咐。

角聲吹—用畫角吹出《大梅花》、《小梅花》等曲調。

笛聲吹—指用笛子吹出他的《梅花落》曲調。

卜算子

劉克莊

片片蝶衣輕，點點猩紅小。
道是天公不惜花，百種千般巧。
朝見樹頭繁，暮見枝頭少。
道是天公果惜花，雨洗風吹了。

蝶衣輕—花瓣像蝴蝶翅膀那樣輕盈。
猩紅—比喻花朵顏色鮮豔。
天公—即自然界的主宰「天老爺」。

浣溪沙

吳文英

門隔花深夢舊遊，夕陽無語燕歸愁。
玉纖香動小簾鉤。
落絮無聲春墮淚，行雲有影月含羞。
東風臨夜冷於秋。

門隔花深—即舊遊之地，有「室邇人遠」意。
玉纖—代指美人纖纖手指。
小簾鉤—指女子用手摘下簾鉤，放下簾子。
行雲—字面出自〈高唐賦〉，此處寫景。
臨夜—夜晚來臨時。

踏莎行

吳文英

潤玉籠綃，檀櫻倚扇。
繡圈猶帶脂香淺。
榴心空疊舞裙紅，艾枝應壓愁鬟亂。

午夢千山，窗陰一箭。
香瘢新褪紅絲腕。
隔江人在雨聲中，晚風菰葉生秋怨。

潤玉—指肌膚。

籠綃—薄紗衣服。

檀櫻—淺紅色的櫻桃小口。檀，淺紅色。

繡圈—繡花圈飾。

榴心—形容歌女紅色舞裙上印著重疊的石榴子花紋。

艾枝—端午節用艾葉做成虎形，或剪彩為小虎，粘艾葉以戴。

一箭—指刻漏。古代計時工具。

香瘢—指手腕斑痕。

紅絲腕—民俗端午節以五色絲繫在手腕以驅鬼祛邪。一名長命縷，一名續命縷。見《風俗通》。

菰—水生植物，也稱茭白。

鷓鴣天 ◎化度寺作

吳文英

池上紅衣伴倚闌，棲鴉常帶夕陽還。
殷雲度雨疏桐落，明月生涼寶扇閑。
鄉夢窄，水天寬。小窗愁黛淡秋山。
吳鴻好為傳歸信，楊柳閶門屋數間。

化度寺—化度寺在仁和縣北江漲橋，原名水雲，宋治平二年改。

紅衣—蓮花。

殷雲—濃雲。

愁黛—愁眉。

吳鴻—吳地的鴻雁。

閶門—在今蘇州。賀鑄〈鷓鴣天〉：「重過閶門萬事非，同來何事不同歸。」

清平樂

陳允平

鳳城春淺，寒壓花梢顫。
有約不來梁上燕，十二繡簾空捲。
去年共倚鞦韆，今年獨上闌干。
誤了海棠時候，不成直待花殘。

鳳城—指南宋城臨安。
春淺—春意淺淡，即初春。
十二繡簾—泛指簾幕。
海棠時候—後人多用海棠喻美女。
直待—一直等到。
花殘—喻年老色衰。

菩薩蠻 ◎商婦怨

江開

春時江上廉纖雨，張帆打鼓開船去。
秋晚恰歸來，看看船又開。
嫁郎如未嫁，長是淒涼夜。
情少利心多，郎如年少何？

廉纖—細微。

看看—轉眼之間。

利心—追逐金錢利益之心。

郎如年少何—郎該怎樣對那青春年少的女子呢？

眉嫵◎新月

王沂孫

漸新痕懸柳，淡彩穿花，依約破初暝。便有團圓意，深深拜，相逢誰在香徑？畫眉未穩，料素娥、猶帶離恨。最堪愛、一曲銀鉤小，寶簾掛秋冷。

千古盈虧休問，嘆漫磨玉斧，難補金鏡。太液池猶在，淒涼處、何人重賦

新痕—指初露的新月。
淡彩—微光。
依約—彷彿，隱約。
初暝—夜幕剛剛降臨。
團圓意—唐牛希濟〈生查子〉：「新月曲如眉，未有團圓意。」此處反用其意。
深深拜—古代婦女有拜新月之風俗，以祈求團圓。
未穩—未完，未妥。
素娥—即嫦娥。亦用作月的代稱。
銀鉤—泛指新月。
盈虧—滿損，圓缺。
金鏡—比喻月亮。
太液池—漢唐均有太液池在宮禁

清景？故山夜永，試待他窺戶端正。
看雲外山河，還老盡、桂花影。

中。

故山夜永—故山，舊山，喻家鄉。夜永，夜長、夜深。多用於詩中。

端正—指圓月。

雲外山河—暗指遼闊的故國山河。

桂花影—月影。傳說月中有桂樹，這裡指照在大地上的月光。

謁金門

李好古

花過雨，又是一番紅素。燕子歸來愁不語，舊巢無覓處。

誰在玉關勞苦？誰在玉樓歌舞？若使胡塵吹得去，東風侯萬戶。

紅素—紅色和白色，指花。

玉關—即玉門關。此處泛指邊關。

胡塵—胡人濺起的塵埃，此處指金兵。

寶鼎現　◎春月

劉辰翁

紅妝春騎，踏月影、竿旗穿市。望不盡、樓臺歌舞，習習香塵蓮步底。簫聲斷、約彩鸞歸去，未怕金吾呵醉。甚輦路、喧闐且止，聽得念奴歌起。

父老猶記宣和事，抱銅仙、清淚如水。還轉盼、沙河多麗。滉漾明光連邸第，簾影凍、散紅光成綺。月浸葡

習習—微風和煦貌。

金吾—古有官名曰「執金吾」，其為街使者，禁民夜行。又為街鼓，擊之敕坊市閉門。

輦路—天子御駕所經之路。

喧闐—喧鬧甚盛貌。闐，音田，盛貌。

宣和—宋徽宗年號。

銅仙—謂魏明帝遷銅人、承露盤等漢時舊物，銅人潸然淚下之事。

葡萄—喻水色，或代指江河。語出李白〈襄陽歌〉：「遙看漢水鴨

萄十里，看往來、神仙才子，肯把菱花撲碎。

腸斷竹馬兒童，空見說、三千樂指。等多時春不歸來，到春時欲睡。又說向燈前擁髻，暗滴鮫珠墜。便當日親見霓裳，天上人間夢裡。

頭綠，恰似葡萄初發醅。」

菱花－一指古之銅鏡，背刻菱花，取其清明如水。故有以菱花為鏡鑑之稱也。另指以鏡喻破鏡重圓故事。

三千樂指－宋教坊樂隊三百人，一人十指，合為三千。

鮫－傳說居海之人，墜淚成珠。

西江月 ◎新秋寫興

劉辰翁

天上低昂似舊，人間兒女成狂。
夜來處處試新妝，卻是人間天上。
不覺新涼似水，相思兩鬢如霜。
夢從海底跨枯桑，閱盡銀河風浪。

低昂—起伏升降的意思。

處處試新妝—原是當時七夕風習，人們幾乎認為這種歡慶景象為人間天堂。

「**夢從**」句—夢見從海底跨越桑田。意即經過重大的世事變化。

「**閱盡**」句—指經歷了人間風浪。

浣溪沙 ◎感別

劉辰翁

點點疏林欲雪天，竹籬斜閉自清妍。
為伊憔悴得人憐。
欲與那人攜素手，粉香和淚落君前。
相逢恨恨總無言。

疏林—葉子凋落，枝椏扶疏的樹林。

欲雪天—指寒冬時節。

清妍—清雅秀美。

為伊憔悴—從柳永「衣帶漸寬終不悔，為伊消得人憔悴」變化而來。表明女子因男方離別而悲哀傷身，形容憔悴，然而卻更引起男方的無限愛憐之情。

素手—潔白的手。

粉香和淚—指淚水拌和著脂粉。

山花子

劉辰翁

此處情懷欲問天，相期相就復何年。
行過章江三十里，淚依然。
早宿半程芳草路，猶寒欲雨暮春天。
小小桃花三兩處，得人憐。

相期相就—相約聚會。此指男女之間的幽期歡會。期，邀約。就，接近。

章江—即章水，古稱豫章水，亦名南江，是贛江的西源。

小小桃花—指凋殘的桃花。

得人憐—惹人喜愛。

花犯 ◎賦水仙

周密

楚江湄，湘娥乍見，無言灑清淚。淡然春意。空獨倚東風，芳思誰寄。凌波路冷秋無際。香雲隨步起，謾記得，漢宮仙掌，亭亭明月底。

冰弦寫怨更多情，騷人恨，枉賦芳蘭幽芷。春思遠，誰歎賞國香風味。相將共、歲寒伴侶。小窗淨，沉煙熏

「楚江湄」二句—楚江，楚地之江河，此處應指湘江。湘娥，帝舜的兩位妃子娥皇、女英，湘水女神。

淡然春意—水仙花生於冬春之交，含有淡淡的春意，淡然也就是不黏滯於塵事，不著意於色相。

凌波—本指起伏的波浪，多形容女子走路時步履輕盈。

漢宮仙掌—漢宮前捧承露盤的金銅仙人。

冰弦—指箏。

騷人—屈原曾作離騷，故後稱詩人為「騷人」。

國香—語出《左傳．宣公三年》：

翠袂。幽夢覺、涓涓清露，一枝燈影裡。

「鄭文公有賤妾曰燕姞，夢天使與己蘭，曰余為伯儵，余而祖也，以是為而子，以蘭有國香，人服媚之如是。」後人因稱蘭花為國香，此處指水仙。

一剪梅 ◎舟過吳江

蔣捷

一片春愁待酒澆，江上舟搖，樓上帘招。秋娘渡與泰娘橋，風又飄飄，雨又蕭蕭。

何日歸家洗客袍？銀字笙調，心字香燒。流光容易把人拋，紅了櫻桃，綠了芭蕉。

帘招—指酒旗招子。

秋娘渡、泰娘橋—吳江的兩個地名。

蕭蕭—形容雨聲。

銀字笙—管樂器的一種。調笙，調弄有銀字的笙。

心字香—點薰爐裡心字形的香。

「紅了」二句—指時光流逝，春去夏來。

虞美人◎聽雨

蔣捷

少年聽雨歌樓上，紅燭昏羅帳。
壯年聽雨客舟中，
江闊雲低，斷雁叫西風。

而今聽雨僧廬下，鬢已星星也。
悲歡離合總無情，
一任階前點滴到天明。

昏—昏暗。

羅帳—床上的紗幔。

斷雁—失群的孤雁。

僧廬—僧人居住的僧寺、僧舍。

星星—白髮點點如星，形容白髮很多。

無情—無動於衷。

一任—聽憑。

霜天曉角

蔣捷

人影窗紗，是誰來折花？

折則從他折去，知折去、向誰家？

檐牙枝最佳，折時高折些。

說與折花人道，須插向、鬢邊斜。

人影窗紗—倒裝句，謂紗窗映現出一個人影。影，映照影子的意思。

從—聽隨，聽任。

向—到。

檐牙—一種建築裝飾，形狀像牙一樣，翹出在外的屋檐角。

鬢邊斜—斜插在鬢邊。

憶秦娥

鄭文妻

花深深，一鉤羅襪行花陰。
行花陰，閒將柳帶，細結同心。
日邊消息空沉沉，畫眉樓上愁登臨。
愁登臨，海棠開後，望到如今。

一鉤羅襪—指詞人小巧玲瓏的雙足。羅襪，絲織的襪子，這裡借指雙足。

結同心—用柳條或錦帶打成連環回文樣式的結子，同心結用來象徵男女相愛。

日邊—指在皇帝身邊。此指她的丈夫鄭文讀書的太學所在地臨安。

沉沉—音信全無。

畫眉樓—指閨樓。

青玉案

黃公紹

年年社日停針線。怎忍見、雙飛燕。
今日江城春已半。
一身猶在，亂山深處，寂寞溪橋畔。
春衫著破誰針線，點點行行淚痕滿。
落日解鞍芳草岸。
花無人戴，酒無人勸，醉也無人管。

社日—指立春以後的春社。

停針線—《墨莊漫錄》說：「唐、宋社日婦人不用針線，謂之忌作。」唐張籍〈吳楚詞〉：「今朝社日停針線。」

「春衫」二句—春衫已經穿破，這是誰做的針線活呢？這裡的「誰針線」與「停針線」相呼應，由著破春衫想起那縫作春衫的人，不覺淒然淚下，淚痕沾滿了破舊的春衫。

踏莎行

無名氏

殢酒情懷，恨春時節。柳絲巷陌黃昏月。把君團扇卜君來，近牆撲得雙蝴蝶。

笑不成言，喜還生怯。顛狂絕似前春雪。夜寒無處著相思，梨花一樹人如削。

殢酒—苦悶無聊之時以酒解愁，為酒所病。

恨春—春日將盡產生的感傷。

柳絲巷陌黃昏月—指他們密約的地點和時間。

把—拿著。

團扇—一種絲製的小圓扇，古代女子用團扇遮臉。

卜—占卜。

顛狂—高興得手舞足蹈。

前春—早春。

著—牽繫、依附。

人如削—人彷彿瘦削了許多。

【卷四】

金元明清詞

鷓鴣天

劉著

雪照山城玉指寒，一聲羌管怨樓間。
江南幾度梅花發，人在天涯鬢已斑。
星點點，月團團。倒流河漢入杯盤。
翰林風月三千首，寄與吳姬忍淚看。

玉指—比喻女子潔白如玉的纖指。

山城—當指南方某地，作者與情人分離之處。

羌管—即羌笛，古代西部羌族的一種管樂器，其聲淒切、哀傷。

樓間—一作「樓閒」，空樓的意思。

「倒流」句—指低頭望著杯中星河之影而俯身暢飲。河漢，指銀河。

「翰林」句—化用歐陽修〈贈王安石〉詩中「翰林風月三千首，吏部文章二百年」句意。「翰林」指李白。劉著曾入翰林，故此處以李白自比。

吳姬—吳地（即江南）一帶的美女。此借指曾經相好的女子。

清平樂

元好問

離腸宛轉，瘦覺妝痕淺。
飛去飛來雙語燕，消息知郎近遠。
樓前小雨珊珊，海棠簾幕輕寒。
杜宇一聲春去，樹頭無數青山。

離腸—離別的心情。

瘦覺妝痕淺—因愁苦而消瘦，又懶於梳妝打扮。淺，指脂粉已褪色。

語燕—情語呢喃的燕子。

珊珊—此處形容風雨聲。

海棠簾幕—繡有海棠花圖案的簾幕。

杜宇—即杜鵑鳥。

如夢令

劉基

一抹斜陽沙觜，幾點閒鷗草際。
烏榜小漁舟，搖過半江秋水。
風起，風起，棹入白蘋花裡。

沙觜——沙洲口。

烏榜——用黑油塗飾的船。榜，船槳。

棹——船槳，此指船。

訴衷情 ◎春遊

陳子龍

小桃枝下試羅裳，蝶粉鬥遺香。
玉輪碾平芳草，半面惱紅妝。
風乍暖，日初長，裊垂楊。
一雙舞燕，萬點飛花，滿地斜陽。

羅裳—織錦的褲裙。裳，下身的衣服，裙裝。

蝶粉—指桃花初放，蕊粉未褪。

鬥—比試。

遺香—指羅裳和少女身體散發出的清香。

玉輪—華貴的游車。

半面惱紅妝—即「惱半面紅妝」之倒裝句。指因花瓣凋零而心生懊惱。半面，指凋殘。紅妝，指花瓣。

乍—開始。

裊—細柔搖曳的形態。

謁金門 ◎五月雨

鶯啼處，搖蕩一天疏雨。
極目平蕪人盡去，斷紅明碧樹。
費得爐煙無數，只有輕寒難度。
忽見西樓花影露，弄晴催薄暮。

陳子龍

搖蕩—形容雨絲飄灑。
疏雨—毛毛細雨。
平蕪—草木叢生之曠野。
斷紅—殘花。
「費得」句—江南梅雨季節，濕度大，衣物易生霉，古代上層家庭好在室內薰香，此時此地更要點燃爐香來除濕。

卜算子◎斷腸

夏完淳

秋色到空閨，夜掃梧桐葉。
誰料同心結不成，翻就相思結。
十二玉闌干，風有燈明滅。
立盡黃昏淚幾行，一片鴉啼月。

同心結—古人用彩絲或柳條纏繞編織成回環之結，比喻兩情相悅。

翻就—反倒做成。

明滅—忽明忽暗的樣子。

長相思

納蘭性德

山一程，水一程，身向榆關那畔行，夜深千帳燈。

風一更，雪一更，聒碎鄉心夢不成，故園無此聲。

山一程，水一程—形容山高水長。程，道路。

榆關—山海關。

那畔—山海關的另一邊，指身在關外。

千帳—軍營很多。

風一更，雪一更—形容整晚風雪交加。更，古時一夜分五更，每更大約有兩小時。

聒—形容聲音喧擾。

故園—家鄉。

此聲—指夜晚風雪交加的聲音。

相見歡◎斷腸

落花如夢淒迷，麝煙微，
又是夕陽潛下小樓西。
愁無限，消瘦盡，有誰知？
閒教玉籠鸚鵡念郎詩。

納蘭性德

淒迷—景色模糊。
麝煙—即香煙。麝，泛指香氣。
閒教—無聊而漫不經心地教授。
玉籠—華貴的鳥籠。

蝶戀花

納蘭性德

辛苦最憐天上月，
一昔如環，昔昔都成玦。
若似月輪終皎潔，
不辭冰雪為卿熱。

無那塵緣容易絕，
燕子依然，軟踏簾鉤說。
唱罷秋墳愁未歇，

昔—一夜。
環—圓形玉璧。
玦—玉佩如環而有缺口。
「若似」二句—這兩句是說假如愛情能像月亮一樣常在常圓，那麼無論付出多大的代價也心甘情願。

無那—即無奈。
塵緣—本佛語，佛教認為色、聲、香、味、觸、法為六塵，是汙染人心，使生嗜欲的根源。這裡指人生或人間的情愛。這句是說沒

春叢認取雙棲蝶。

想到人生如此短促。

「燕子」二句—是說人亡室在，雙燕歸來，依然呢喃於簾鉤之上。

唱罷秋墳—李賀〈秋來〉：「秋墳鬼唱鮑家詩，恨血千年土中碧。」這句是說幽怨至死難消。

春叢—即花叢。

雙棲蝶—古代傳說，晉會稽梁山伯與上虞女扮男裝的祝英台同學三年。後梁訪上虞，始知祝為女，求婚不得，憂疾而死。後祝適馬氏，過山伯墓，大號慟，墓忽開，祝身隨入，同化為蝴蝶。見《寧波府志・逸事》。

鵲踏枝 ◎過人家廢園作

龔自珍

漠漠春蕪春不住，
藤刺牽衣，碍卻行人路。
偏是無情偏解舞，
濛濛撲面皆飛絮。

繡院深沉誰是主？
一朵孤花，牆角明如許。
莫怨無人來折取，
花開不合陽春暮。

漠漠春蕪—茫茫一片春草。

春不住—春去了。

「偏是」句—那些國事蜩螗渾不管的官僚們偏解粉飾太平，酣歌曼舞。

繡院—花團錦簇的庭院。

折取—用杜秋娘〈金縷衣〉「花開堪折直須折，莫待無花空折枝」之意。

清平樂 ◎池上納涼

項鴻祚

水天清話，院靜人消夏。
蠟炬風搖簾不下，竹影半牆如畫。
醉來扶上桃笙，熟羅扇子涼輕。
一霎荷塘過雨，明朝便是秋聲。

清話——清新美好的意思。
消夏——消除暑氣，即納涼。

桃笙——竹簟。
熟羅——絲織物輕軟而有疏孔的叫羅，有熟羅、生羅之別。
一霎——一會兒。

柳梢青

蔣春霖

芳草閒門，清明過了，酒滯香塵。
白楝花開，海棠花落，容易黃昏。
東風陣陣斜曛，任倚遍紅欄未溫。
一片春愁，漸吹漸起，恰似春雲。

酒滯—耽於飲酒而沉醉不醒。

楝—落葉喬木，春夏之交開花。

海棠—落葉喬木，春季開花，花未放時深紅色，開後淡紅色。

容易黃昏—即時光易逝，人生易老。黃昏，常借喻人生晚年。

曛—日落時的餘光。

蝶戀花

譚獻

庭院深深人悄悄，埋怨鸚哥，錯報韋郎到。壓鬢釵梁金鳳小，低頭只是閒煩惱。

花發江南年正少，紅袖高樓，爭抵還鄉好？遮斷行人西去道，輕軀願化車前草。

悄悄—無聲。

鸚哥—即鸚鵡，能模仿人言。

韋郎—古代女子對男子的愛稱，這裡借指情郎。

金鳳—古代婦女的頭飾。

紅袖—代指美貌女子。

爭抵—怎比得上。

遮斷—遮擋。

車前草—草名，又稱當道。

青門引

譚獻

人去闌干靜，楊柳晚風初定。
芳春此後莫重來，
一分春少，減卻一分病。
離亭薄酒終須醒，落日羅衣冷。
繞樓幾曲流水，不曾留得桃花影。

芳春—即春季。
一分春少—即少一分春。
減卻—減少。
病—指因春色而惹發的愁思苦悶。
終須—一定會。
桃花—代表離去的情人。

蝶戀花

王國維

百尺朱樓臨大道，樓外輕雷，不間昏和曉。獨倚闌干人窈窕，閒中數盡行人老。

一霎車塵生樹杪，陌上樓頭，都向塵中老。薄晚西風吹雨到，明朝又是傷流潦。

朱樓—華麗的紅色樓房。
輕雷—此指車馬聲。
不間—不間斷的。
窈窕—形容女子的美好。
一霎—一陣。
樹杪—指樹梢。
陌上—指遊子。
樓頭—指思婦。
薄晚—臨近傍晚。
流潦—路上積水。

點絳唇

王國維

屏卻相思，近來知道都無益。
不成拋擲，夢裡終相覓。
醒後樓臺，與夢俱明滅。
西窗白，紛紛涼月，一院丁香雪。

屏卻—放棄。

醒後樓臺—指夢中虛構的空中樓閣。

紛紛涼月—形容丁香院落的月色。

【卷五】

詞人略傳

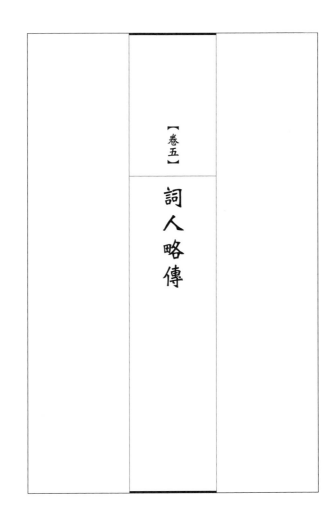

卷一◉敦煌曲子詞

唐、五代的曲子詞抄本，大約寫作於八世紀至十世紀之間，大多數是無名氏的作品，包括部分民間創作。從形式上看，有小令也有長調；從內容來看，多是描寫男女情愛之作；從風格上看，既有婉約詞的形貌，也有豪放詞的雛形。敦煌曲子詞是在清光緒二十五年（一八九九），在甘肅敦煌藏經洞中發現的。

卷二◉唐五代詞人

李隆基（六八五～七六二）

即唐玄宗。登位之初，開創了「開元盛世」，晚年沉溺聲色，終引發「安史之亂」。唐玄宗知音律，善書法，工詩詞，然詞作已散佚，僅存〈好時光〉一首。

王建（約七六七～八三〇）

字仲初，潁川人，唐朝詩人。王建官職不高，世人稱他為「王司馬」；但在文學方面，他卻與韓愈等大家齊名。王建寫過很多樂府詩，還寫過一百首宮詞，都是研究唐朝宮廷生活的重要資料。流傳至今有《王建詩集》十卷，還有十來首詞。

劉禹錫（七七二～八四二）

字夢得，洛陽人，世人稱為劉賓客、劉尚書，是唐代文學家。劉禹錫在詩歌方面與白居易齊名，在散文方面與韓愈齊名，被人稱為「詩豪」。他曾因在政治上受牽連被流放，深入民間學習歌謠，創作出〈竹枝詞〉、〈楊柳枝詞〉等新的詩歌形式。他的詩對宋詞，特別是「江西詩派」很有影響。劉禹錫的詩留傳有八百多首，《全唐詩》將其編為十二卷。

白居易（七七二～八四六）

字樂天，自號香山居士、醉吟先生，太原人，唐代著名詩人。白樂天官至太子少傳，世人稱其為「白傅」；因死後諡號為「文」，又稱其為白文公。其詩作風格平暢自然，通俗淺切，老嫗能解。曾自編《白氏長慶集》七十五卷，現存七十一卷。詩近三千首，數量之多，在唐詩人中首屈一指。詞今存三十餘首。

溫庭筠（八一二～八七〇）

本名岐，字飛卿，太原人。他少年時代便才華出眾，擅長詩詞歌賦，不過生性傲慢不羈，得罪了宰相令狐綯，多次參加科舉都沒考中，又愛流連青樓楚館，受到時人輕視。不過溫庭筠可說是晚唐時期的詩詞巨匠，他的詩大多表達懷才不遇以及男女情愛，人們將他與李商隱並稱為「溫李」。他的詞和韋莊齊名，並稱為「溫韋」，他們開創的詞風也被稱為「花間派」。今有《溫庭筠詩集》、《金奩集》傳世。

韋莊（約八三六～九一〇）

字端己，京兆杜陵人，唐代文學家。他的詩作大多反映出唐末政治亂象，充滿感時傷事的情懷。他是「花間派」詞人中的重要一員，和溫庭筠並稱為「溫韋」。《花間集》收他的詞四十八首，《全唐詩》收其詩五十四首。

李珣（約八五五～九三〇）

字德潤，梓州人，唐末詞人。李珣的祖先是波斯人，黃巢之亂時跟隨唐僖宗入蜀避難，之後便定居在梓州。李珣的祖先本是販賣香料和藥材，他自小受到薰陶，參考幾十種古籍，撰寫一本六卷的《海藥草本》。文學方面，他留傳至今的詞有五十多首，分別被收入《花間集》和《尊前集》。被《全唐詩》收錄的詩有五十四首。是「花間派」詞人中重要的一員。

李存勗（八八五～九二六）

即後唐莊宗，小名亞子，是河東節度使李克用之子。在位四年，因兵變被殺。曉音律，能度曲，《唐五代詞》輯其詞四首。

和凝（八九八～九五五）

字成績，鄆州須昌人。少年時好作曲，流傳汴洛，作品浮艷。詩有〈宮詞〉百首，多為粉飾太平之作。初仕後唐，繼為後晉宰相，有「曲子相公」之稱。現存詞二十餘首，大都以華豔辭藻寫男女情事。

歐陽炯（八九六～九七一）

益州華陽人，曾在後蜀擔任中書舍人，後隨孟昶投降宋朝，被任命為散騎常侍。歐陽炯是花間派詞人中的重要成員。他擅長演奏長笛，喜歡填詞，工詩。他還曾為《花間集》作序。《花間集》中收錄了他的詞十七首，《尊前集》收錄他的詞三十一首。

孫光憲（約九〇〇～九六八）

字孟文，自號葆光子，陵州貴平人，五代詞人。孫光憲作師主張清麗，反對粗鄙，認為詩歌應該「言近意遠」。他的詞擅長描繪江南水鄉風光，詞風清麗疏淡。《花間集》和《尊前集》中共收錄孫光憲的詞八十四首，是同時期詞人中除了馮延巳之外存詞最多的人。

馮延巳（九〇三～九六〇）

一名延嗣，字正中，廣陵人，五代十國時期南唐文學家。馮延巳先後侍奉過南唐開國之君李昪、中主李璟，官至宰相。馮延巳並無政治長才，卻工填詞，擅長用白描手法刻畫人物的內心世界。北宋如晏殊、歐陽修等人都受到馮延巳詞風的影響。他的詞作有《陽春集》。

李璟（九一六～九六一）

字伯玉，今江蘇徐州人。南唐先主李昪長子，史稱中主。李璟的文學素養很高，「時時作為詩歌，皆入風騷」。做了皇帝之後，他時常和寵臣韓熙載、馮延巳等人宴飲賦詩。今存詞四首，後人將李璟的詞與李煜詞合刊為《南唐二主詞》。

李煜（九三七～九七八）

字重光，號鐘隱，又號蓮峰居士，彭城人，五代十國南唐皇帝，世稱其為「李後主」。他是南唐中主李璟的兒子，在位十四年，南唐滅亡後歸降宋朝，被封為「違命侯」，在北宋都城汴京，過著被囚的生活，因創作抒發亡國之痛的〈虞美人〉而被宋太宗賜死。李煜詩文、書法、繪畫、音律無一不精，最擅長的是詞。前期的詞多描寫宮廷中飲酒作樂與男歡女愛，後期大多抒發亡國之痛與追憶帝王生活。

牛嶠（生卒年不詳）

字松卿，一字延峰，隴西人。學識廣博，擅長填詞，是「花間派」重要詞人。詞風香豔綺麗，與溫庭筠相近。著有《歌詩集》三卷，但沒有留傳下來。《花間集》中收錄牛嶠的詞三十二首。

張泌（生卒年不詳）

五代十國時期西蜀人，生平事蹟不詳。《花間集》中稱他為「張舍人」。張泌的詞風在溫庭筠與韋莊之間，不過更接近韋莊一些。現存詞二十七首，詞風香豔。

牛希濟（生卒年不詳）

隴西人。牛希濟是牛嶠的侄子，雖屬於花間派詞人，但詞風比較平淡，語言清麗。牛希濟特別善於白描。今存詞十四首，收錄在《花間集》十一首和《唐五代詞》十四首。

毛文錫（生卒年不詳）

字平珪，南陽人，五代十國時前蜀文學家。他十四歲就考中進士，被譽為「神童」，曾擔任前蜀翰林學士承旨等官職。王建曾想趁長江漲水時決開堤壩淹沒江陵，毛文錫極力勸阻。後因事被貶。前蜀滅亡之後，毛文錫隨王衍一起投降後唐，後來又在後蜀作官，與歐陽炯、韓琮、閻選、鹿虔扆等人以填詞侍奉後蜀皇帝孟昶，時人稱他們為「五鬼」。毛文錫的詞，於質直中見情致，但有時失於粗率淺薄。存詞三十一首收錄於《花間集》，另一首收錄於《尊前集》。

顧夐（生卒年不詳）

五代時期詞人。曾在前蜀擔任茂州刺史，後孟知祥建立後蜀，顧夐累官至太尉。工小令。《花間集》存其詞五十五首。

王禹偁（九五四～一〇〇一）

字元之，鉅野人，宋代文學家。自幼家貧，認真向學，後中進士，官至翰林學士。他倡導詩文改革，反對宋朝初年的奢靡文風，風格平易清新。他的作品被輯為《小畜集》，留存至今的詞作只有一首。

寇準（九六一～一〇二三）

字平仲，華州下邽人。有《巴東集》，存詞六首，皆傷時惜別之作，風格淡雅。

林逋（九六七～一〇二八）

字君復，錢塘人。恬淡好古，隱居西湖孤山，終身不仕，以種梅養鶴自娛，世稱「梅妻鶴子」。卒謚「和靖先生」。其詩多詠梅之作，有《林和靖詩集》，存詞四首。

柳永（約九八七～一〇五三）

本名三變，字景莊，後改名柳永，字耆卿，因為他在家排行第七，所以人們稱他為柳七，崇安人。柳永在宋仁宗景祐元年中進士，官至屯田員外郎，故又稱其為柳屯田。柳永一生仕途不順，因此他流連青樓楚館，在偎紅倚翠中尋找心靈寄託。柳永是北宋第一名專門以作詞為主的詞人，使宋詞變得更加通俗化和口語化。有《樂章集》傳世。

范仲淹（九八九～一〇五二）

字希文，吳縣人，北宋著名政治家、文學家。宋仁宗時，范仲淹官至參知政事；仁宗慶曆三年，范仲淹又提出「十事疏」，宋仁宗對他所提出的建議全都採納並陸續推行，史稱「慶曆新政」。後因保守派反對，未能善終。死後謚號為「文正」。

陳亞（生卒年不詳）

字亞之，今江蘇揚州人。其舅為醫工，亞之耳濡目染，有藥名詩百餘首。《全宋詞》錄其〈生查子〉藥名詞四首。

張先（九九〇～一〇七八）

字子野，烏程人，北宋文學家。他的詩、詞都很出名，尤工於詞。早期作品多是小令，與晏殊、歐陽修齊名；後期多為慢詞，與柳永並稱。在題材上大多表現士大夫的生活與男女之情，尤擅長用「影」字，時人稱其為「張三影」。留傳於世的有詞集《安陸集》。

晏殊（九九一～一〇五五）

字同叔，臨川人，北宋詞人。晏殊的詞多半是小令，描寫的也大都是閒愁綺怨，在這方面，他受溫庭筠、韋莊、馮延巳的影響最大。晏殊的詞風清婉明麗，語言工巧凝練。有《珠玉詞》一卷，存詞一百三十多首。

宋祁（九九八～一〇六二）

字子京，安州安陸人，北宋詞人。宋祁的詩詞文章都寫得很好，尤以文章著名。由於他的〈玉樓春〉中有「紅杏枝頭春意鬧」的名句，時人稱其為「紅杏尚書」。近人輯有《宋景文長短句》。《全宋詞》中收錄的宋祁共六首。

梅堯臣（一〇〇二～一〇六〇）

字聖俞，宣城人，北宋文學家。宣城在古代又被稱為宛陵，所以又有人稱他為梅宛陵、宛陵先生。在北宋詩文改革運動中，梅堯臣和歐陽修、蘇舜欽等人齊名，並稱為「梅歐」、「蘇梅」。他的詩大多反映現實生活，寓意深刻。南宋詞人劉克莊在《後村詩話》中稱他是宋詩的「開山祖師」。著有《宛陵集》，今存詞僅二首。

歐陽修（一〇〇七～一〇七二）

字永叔，號醉翁，晚號六一居士，廬陵人。北宋著名文學家，詩、詞、散文以及史傳無一不通達。歐陽修的詞作多以離愁別恨、兒女戀情、惜春憐花為吟詠內容，詞風清新自然。著有《六一詞集》，今存詞不到三百首。

王安國（一〇二八～一〇七四）

字平甫，撫州臨川人。王安石的弟弟。著有《王校理集》，今不傳。現存詞三首。

晏幾道（約一〇三〇～約一一〇六）

字叔原，號小山，北宋著名詞人，晏殊之子，排行第七，為人有才學，能文善詞，與父親晏殊齊名。晏幾道的詞受五代豔詞影響很大。尤其擅長小令，工於言情。晏幾道晚年家道中落，後期的詞作也多感傷情調。有《小山詞》。

蘇軾（一〇三七～一一〇一）

字子瞻，號東坡居士，眉山人，北宋著名文學家。蘇軾多才多藝，詩文詞賦書畫樣樣精通。詞作內容豐厚，有懷古、詠史、說理、談玄，更有感傷時事、描寫身世友情之作。蘇軾吸收了前人詞作中的婉約之風，同時又不拘泥古人作品，開創了豪放詞的新宗。現有《東坡樂府》傳世，存詞三百餘首。

李之儀（一〇三八～一一一七）

字端叔，晚號姑溪居士，滄州無棣人，北宋詞人。蘇軾在定州擔任知州的時候，李之儀曾任幕僚。李之儀認為詞「自有一種風格，稍不如格，便覺齟齬」。他的詞作以小令見長。著有《姑溪居士文集》、《姑溪詞》。

秦觀（一〇四九～一一〇〇）

字少游，一字太虛，號淮海居士，揚州高郵人，「蘇門四學士」之一。秦觀不僅擅長詩賦，且兼善文詞，蘇軾稱其賦作「有屈宋才」；王安石稱讚秦觀的詩作「清新婉麗，有似鮑謝」。秦觀將《花間詞》以及柳永詞風熔於一爐，是婉約派的代表作家。著有《淮海集》、《淮海居士長短句》。

趙令畤（一〇六一～一一三四）

太祖次子燕王德昭玄孫，字德麟，自號聊復翁，涿郡人。他的詞清超婉麗，有小晏遺風，近人趙萬里輯本《聊復集》錄其詞三十六首。趙令畤著有《候鯖錄》八卷。

賀鑄（一〇五二～一一二五）

字方回，號慶湖遺老，北宋詞人，宋太祖孝惠皇后族孫。祖籍山陰，能詩文，尤擅長寫詞。他的詞風多樣，清麗婉約，與晏幾道、秦觀相似；激昂豪放，與蘇軾、辛棄疾相似。有《東山寓聲樂府》，今存詞二百八十餘首。

仲殊（生卒年不詳）

出家人，俗姓張，名揮，字師利，安州人，北宋詞人。擅長長短句，他的詩風格奇麗清婉，自成一家。著有《寶月集》，不傳，今存《寶月詞》。

周邦彥（一〇五六～一一二一）

字美成，號清真居士，錢塘人，是北宋後期婉約派集大成者。周邦彥被尊稱為「詞家正宗」，詞風渾厚和雅，結構嚴謹，並且音律和諧美妙。他對後世影響很大，著有《片玉集》（也叫《清真集》），今存詞二百餘首。

呂本中（一〇八四～一一四五）

本名呂大中，字居仁，號紫薇，世人稱其為東萊先生，壽州人。宋代詩人，是江南詩派的代表人物。呂本中的詩主要學黃庭堅、陳師道，他的詞雅致精潤，清麗自然。著有《東萊詩集》、《紫薇詩話》、《江西詩社宗派圖》。後人輯有《紫薇詞》，今存詞二十七首。

李清照（一〇八四～一一五一）

自號易安居士，濟南章丘人。出身書香仕宦之家，能詩文。嫁與諸城太學生趙明誠，同好金石，常相唱和。其詞以南渡為界，分為前後兩期。前期多寫自然風物與離情別思，後期寫傷時念舊和國破離亂的感嘆。語言清麗雅潔，後人稱之「易安體」，為婉約派重要代表。後人輯有《漱玉集》，收詞約六十首。今人輯有《李清照集》。

蔡伸（一〇八八～一一五六）

字伸道，號友古居士，莆田人。前期詞風近柳永、周邦彥，晚期格調雄健，意學蘇軾，尤喜模仿賀鑄。有《友古詞》，存詞一百七十餘首。

張元幹（一〇九一～一一七〇）

字仲宗，自號蘆川居士、真隱山人，福州永福人。張元幹生活在兩宋之間，前期的詞作大都比較清麗，「靖康之變」後，詞風變得慷慨激昂。張元幹後期的詞對蘇軾的豪放詞風有所繼承和發展，對後來的張孝祥、陸游、辛棄疾也產生不小的影響。著有《蘆川歸來集》、《蘆川詞》，今存詞一百八十多首。

趙彥端（一一二一～一一七五）

字德庄，宋太祖之弟、魏王趙廷美的七世孫，鄱陽人。趙彥端十七歲中進士，五十四歲去世。著有《介庵集》，惜未留傳後世。

李呂（一一二二～一一九八）

字濱老，又字東老，邵武軍光澤人。有《澹軒集》七卷，《澹庵詞》一卷。

陸游（一一二五～一二〇九）

字務觀，號放翁，越州山陰人。陸游是南宋的愛國詩人，他的詞風格多樣。著有《渭南詞》等，現存詞一百三十首。

范成大（一一二六～一一九三）

字致能，號石湖居士，吳縣人，南宋文學家。范成大擅長田園詩，在詩歌方面與陸游、楊萬里、尤袤並稱為「南宋四大家」。他的詞風大多清逸，也有憤慨蒼涼之作。著有《石湖詞》。

楊萬里（一一二七～一二〇六）

字廷秀，號誠齋，吉州吉水人，南宋著名詩人。楊萬里為人正直，始終堅持抗金的主張。他在詩歌方面與尤袤、范成大、陸游並稱為「南宋四大家」。他的詩風格清新，號稱「誠齋體」。著有《誠齋集》。

朱淑真（約一一三五～一一八〇）

自號幽棲居士，錢塘人，一說海寧人，南宋女詞人。朱淑真出身官宦之家，曾隨夫歷吳越荊楚等地，她的婚姻不幸，最後抑鬱而終。她擅長繪畫，通曉音律，詞風平淡卻感情強烈。著有《斷腸詞》，今存詞二十四首。

張掄（生卒年不詳）

字才甫，自號蓮社居士，汴京人。他的詞大多描寫山水景物，詞風清麗秀雅。著有《蓮社詞》。

侯寘（生卒年不詳）

字彥周，東武人。宋室南渡後居長沙，曾被授予直學士的官職，擔任建康知府。侯寘詞風清婉，著有《懶窟詞》。

辛棄疾（一一四〇～一二〇七）

字幼安，號稼軒，歷城人，南宋詞人、軍事家。他力主抗金，打擊地方豪強，受到主降派的猜忌和排擠，三十四歲起便去職閒居江西，時間長達二十多年。辛棄疾的詞與蘇軾並稱「蘇辛」，詞作大多是豪放之作，風格激昂豪邁。有些詞也具婉約之美，不輸小晏。著有《稼軒長短句》，今存詞六百二十多首，是詞作數量留存至今最多的人。

程垓（生卒年不詳）

大約在南宋中期，字正伯，號書舟，眉山人。他曾旅居南京京城臨安，擅長詩詞。他的辭大多描寫男女之情，淒清綿麗。著有《書舟詞》，留存至今的詞作有一百五十七首。

石孝友（生卒年不詳）

字次仲，南昌人，南宋詞人。因擅長填詞而著名。他的作品多有俚俗之語，大都描寫男女間的情愛。著有《金谷遺音》，存詞一百四十八首。

陳亮（一一四三～一一九四）

本名汝能，字同甫，號龍川，世稱龍川先生。婺州永康人。主張抗金收復失地，曾三次向朝廷上書，觸怒朝中權貴而三次入獄。他的詞風格豪放，與辛棄疾詞風接近。著有《龍川文集》、《龍川詞》，今存詞七十四首。

姜夔（約一一五五～一二二一）

字堯章，號白石道人，饒州鄱陽人，南宋著名詞人，格律詞派之祖。他的詩早年學江西詩派，後又學陸龜蒙。他的詞講求煉字鍛句，音律和諧優美。著有《白石道人詩集》、《白石道人歌曲》等。《全宋詞》中收錄姜夔詞作八十七首。

史達祖（生卒年不詳）

字邦卿，號梅溪，汴京人，南宋詞人。史達祖的詞大多表達閒逸的情緒，擅長詠物。著有《梅溪詞》。

高觀國（生卒年不詳）

字賓王，號竹屋，山陰人，南宋詞人。高觀國大約生活在南宋中期，與史達祖同為吟社詞友，交情深厚，迭相唱和，時人並稱為「高史」。他的詞作多寫男女之情，風格上接近秦觀，同時又受到姜夔影響，被人稱為「白石羽翼」。著有《竹屋癡語》一卷，收錄詞作一百零八首。

李從周（生卒年不詳）

字肩吾，南宋學者、詞人。李從周精通文字學，著有《字通》。

洪咨夔（一一七六～一二三六）

字舜俞，號平齋，於潛人，南宋詞人。洪咨夔的詞很多都是慷慨疏暢的作品，偶有柔婉之作。著有《平齋詞》。

劉克莊（一一八七～一二六九）

本名灼，字潛夫，號後村，莆田人，南宋詞人。早年師從真德秀，又與翁卷、趙師秀等人友善，受其影響，其詩詞瑰麗精琢。後期風格轉為豪放悲壯，成為辛派詞人中的領袖人物。著有《後村先生大全集》，其中詞作五卷，被輯為《後村長短句》。

吳文英（約一二一二～一二七四）

字君特，號夢窗，晚年又改號為「覺翁」，四明人，宋代詞人。吳文英本姓翁，後過繼給吳家，於是改姓吳。吳文英一介布衣，與另一詞人周密齊名，因周密號草窗，因此時人稱他們二人為「二窗」。吳文英的詞多是酬唱詠物之作，擅長使用修辭，精於音律。著有《夢窗甲乙丙丁稿》，今存詞約三百五十首。

陳允平（生卒年不詳）

字君衡，一字衡仲，號西麓，四明人。約與吳文英同輩，卒於元後。其詞格律嚴整，字句精美，風格近於周邦彥。著有《西麓詩稿》一卷、《西麓繼周集》一卷、《日湖漁唱》一卷。

江開（生卒年不詳）

字開之，號月湖，南宋詞人。《全宋詞》收詞四首。

李好古（生卒年不詳）

字仲敏，自署鄉貢免解進士，曾客居揚州。他寫了一些在揚州、鎮江一帶懷古傷今的詞作。有《碎錦詞》，其詞或感傷時事，或呼吁北伐，情緒激切昂揚。

王沂孫（約一二三〇～一二九一）

字聖與，號碧山，又號中仙、玉笥山人，會稽人。宋朝滅亡後，王沂孫與周密、張炎等人一起組成詞社。他的詞集名《碧山樂府》，一名《花外集》。最善於擬詠物詞，詞中多寄寓家國之恨。

劉辰翁（一二三二～一二九七）

字會孟，號須溪，廬陵人。宋亡後隱居不仕。其詞充滿對故國的依戀與亡國之痛。有《須溪詞》。

周密（一二三二～一二九八）

字公謹，號草窗，一號四水潛夫，宋、元間文學家，濟南人。曾擔任義烏縣令，宋亡後便不再做官，一生寓居杭州。周密在詩詞書畫都有很深的造詣，著有《東齊野語》、《癸辛雜識》、《弁陽客談》、《浩然齋雅談》、《澄懷錄》、《武林舊事》、《雲煙過眼錄》等書。他的詞風與吳文英相似，二人並稱「二窗」。周密編選的《絕妙好詞》，選錄南宋詞三百八十五首，對後人具有很大的影響。

蔣捷（生卒年不詳）

字勝欲，號竹山，陽羨人，宋末元初詞人。詞作內容廣泛，構思新穎，自由奔放有如稼軒，清空騷雅又似白石。著有《竹山詞》，今存詞九十餘首。

鄭文妻（生卒年不詳）

即南宋太學生鄭文的妻子孫氏。秀州人。

無名氏（作者今已不可考）

黃公紹（生卒年不詳）

字直翁，宋末元初邵武人。宋朝滅亡後，黃公紹隱居樵溪，著有《古今韻會舉要》、《在軒集》。

卷四◉金元明清詞人

劉著（？～約一一四〇）

字鵬南，自號玉照老人，舒州皖城人，金代詞人。劉著六十多歲才進翰林院，擅長詩詞，詞今存一首，見《中州樂府》。

元好問（一一九〇～一二五七）

字裕之，號遺山，太原秀容人，元代著名文學家、詞人。元好問博學好問，博覽群書，金滅亡後，元好問隱居著述。他擅長詩文詞章，金元之際頗受重視，成為北國學術權威和文壇宗主。元好問的詞如同詩史，詞風沉郁穩健，詞風與蘇、辛相近。著有《遺山集》四十卷，今存詞三百七十餘首。又輯有《中州集》，金人詩詞多賴以傳。

劉基（一三一一～一三七五）

字伯溫，號犁眉，處州青田人，元末明初政治家、謀略家、詩人。曾輔佐明太祖朱元璋平定天下，是明朝的開國功臣，官至御使中丞，封誠意伯。後被左丞相胡惟庸詆毀，憂憤而死。著有《誠意伯文集》。

陳子龍（一六〇八～一六四七）

字人中，號大樽，松江華亭人，明末文學家。陳子龍曾事奉南明福王，又先後受唐王、魯王封銜。陳子龍想起義抗清，不料事蹟敗露，投水而死。陳子龍的詞是明詞中的佼佼者，時人推其為「雲間派」盟主。

夏完淳（一六三一～一六四七）

原名復，字存古，號小隱，松江華亭人，明末著名詩人。夏完淳自幼有神童之稱，十五歲時跟隨父親夏允彝、老師陳子龍起兵抗清，兵敗後被押往南京，死時年僅十七歲。

納蘭性德（一六五五～一六八五）

原名成德，字容若，號楞伽山人，滿州正黃旗人，大學士納蘭明珠的大兒子。納蘭性德擅長騎射，喜歡讀書，喜歡結交名士。他的詞擅長小令，有清代李後主的稱譽。著有《通志堂集》，詞有《飲水集》，今存詞三百餘首。

龔自珍（一七九二～一八四一）

字璱人，號定盦。曾字爾玉，曾更名易簡，字伯定，再更名為鞏祚。浙江仁和人。清朝中後期著名思想家、文學家。大力推崇改良主義。曾與林則徐、魏源等人組成宣南詩社，講求經世之學，是近代改良主義的先驅。龔自珍的詞作自成一家，輯有《龔自珍全集》。

項鴻祚（一七九八～一八三五）

一名廷紀，字蓮生，清代詞人，浙江錢塘人。年幼時即學習填詞，崇尚花間詞。中年以後，家道中落，因而困頓不堪。項鴻祚對浙派詞影響很大。著有《憶雲詞甲乙丙丁稿》。

蔣春霖（一八一八～一八六八）

字鹿潭，清代著名詞人，江蘇江陰人。蔣氏生性風流倜儻，一生豪放不羈，其作品表達的感情大多抑鬱悲涼。著有《水雲樓詞》。

譚獻（一八三二～一九〇一）

原名廷獻，字仲修，號復堂，浙江杭州人。同治六年舉人，在安徽做官，歷任諸縣。擅長駢文，更擅長詞作，詞選清人詞為《篋中詞》，續三卷，學者奉為楷模。

王國維（一八七七～一九二七）

字靜安，一字伯隅，號觀堂，近代國學大師，浙江海寧人。光緒年間，王國維曾留學日本，早年思想深受叔本華和尼采哲學思想的影響。回國後，王國維從事中國戲曲史和詞曲研究，在文字學、音韻學、詞曲、史學等方面有很大成就。著有《人間詞話》和《宋元戲曲考》等。與梁啟超、陳寅恪和趙元任號稱清華國學研究院的四大導師，一九二七年在北京頤和園昆明湖自殺身亡。

國家圖書館出版品預行編目（CIP）資料

婉約詞／孫家琦編輯　一第二版.
一 新北市：人人, 2019.08印刷
面；公分. 一（人人讀經典系列；19）
ISBN 978-986-461-181-2（精裝）

833　　108004122

【人人讀經典系列 19】

婉約詞

封面題字 / 羅時僖
書系編輯 / 孫家琦
發行人 / 周元白
出版者 / 人人出版股份有限公司
地址 / 23145 新北市新店區寶橋路 235 巷 6 弄 6 號 7 樓
電話 / （02）2918-3366（代表號）
傳真 / （02）2914-0000
網址 / www.jjp.com.tw
郵政劃撥帳號 / 16402311 人人出版股份有限公司
製版印刷 / 長城製版印刷股份有限公司
電話 / （02）2918-3366（代表號）
經銷商 / 聯合發行股份有限公司
電話 / （02）2917-8022
第二版第一刷 / 2019 年 8 月
定價 / 新台幣 250 元
港幣 83 元